四季を詠む

365日の体感

三宮麻由子

集英社文庫

四季を詠む　365日の体感

目次

春

夏

秋

冬

四季を詠む　３６５日の体感

春

春を聴く　私の春告げ鳥

朝目覚めて窓を開ける。おりしも東の空が白々と色づきはじめ、遠くでヒヨドリの第一声が曙光(しょこう)の到来を告げている。と、すぐ近くで見張(みは)り雀(すずめ)も「起きてもいいぞ」の一声を発する。少し前から騒ぎだしていた鳥の声がいよいよ高くなり、一瞬前まで重たかった空気がふっと軽くなる。このころには、特に小鳥たちの声が冬とは打って変わって、どんどん歌に近くなっている。まだ囀(さえず)らない鳥も、あるいは雀のように囀りをもたないといわれる鳥も、みな声が弾み、明るく響きはじめる。まるで、鳥たちの声が夜気の重みを雲散霧消させ、春の始まりをつれてきたかのようである。迎えた朝が、こんなふうに冬から春に一気に様変わりしていることがある。それが分かるのは、立春直前、冬と春の境界線が空気のなかに折り込まれている時期に限られる。気づける年もあるし、まったく分からないうちに春になってしまう年もある。だからこれが分かった年は、地球のご機嫌がよいか、私の心がご機嫌かのどちらかなのである。

うらうらに照れる春日(はるひ)にひばり上(あが)り
情(こころ)悲しもひとりし思へば　大伴家持(おおとものやかもち)　万葉集巻十九

けれども、私は春が嫌いだった。理由は、受験である。受験は学業の節目に、いつも私の居場所を左右するものだった。だからその結果が出る春は、平穏な気持ちで迎えられる季節ではなかった。……それだから受験はよくない……。普通ならそんなふうに話が展開していくのだろう。

が、私は必ずしもそう思ってはいない。詰め込み教育の弊害はたしかにあるとしても、それとは別の次元で、受験勉強を経験することは合否にかかわらず悪くない気がしているのである。特に、自分で選んで経験する大学受験では、精神的にも体力的にも極限の状態になりながらも、それを通じて心の宝物になる親友を得ることさえある。受験でもしなければあんなに勉強することもないだろうと思うのもさることながら、私は受験をともに戦った友だちと過ごした日々によって、ずいぶん育てられたように思うのである。

ひさかたの天の香具山この夕へ
霞たなびく春立つらしも　　柿本朝臣人麿　同巻十

「久方というのは、久しぶりという意味です。久しいというのは、長い時間何かが途絶えたあとに使います。人と会わなかったときだけじゃないから、おぼえておくように」

「じゃあ、久方ぶりにフライドポテトでも食べて帰る？」

その年の秋、私は進学ゼミの夏季講習で仲良くなった女子四人組の一人に入っていた。私立のお嬢様学校に通う亜也ちゃんは、オーストラリア留学から帰ったばかりの明るい子で、コツコツと点字でノートを取っている私に楽しげに声をかけてくれた。そして進んで隣の席に座り、先生の板書を読んだり、先生の仕種で笑いが起きたときに説明してくれるようになった。

あいちゃんは公立高校に通うおしゃれさん。お母さんがシャンソンが好きということで、仏文科を目指していた私にお母さんのテープを次々と貸してくれた。英語の得意な彼女は、亜也ちゃんや私と違ったアプローチで勉強をこなしていて、留学帰りの私たちが見落としてしまいそうな文法の問題や穴埋め問題をつぎつぎと見つけては、テクニックを伝授してくれた。

四人のなかで一番静かなちよちゃんは、国際基督教大学（ＩＣＵ）が第一志望で、いつも黙々と本を読んでは難しい話をしてくれた。

私はというと、受験の雰囲気に舞いあがって、勉強すればするほど何も頭に入らず、毎日同じ単語帳や年表を悶々と眺めるばかりだった。受験生特有のいらだちや不安で体調を崩したり、わけもなく涙が止まらなくなったりで、勉強がなかなか手につかなかった。そんなとき、ゼミの友だちと話すことで、何とか平常心を保っていた。

あいちゃんとは、よく夜に長電話をした。そういうとき、勉強の話は努めてしないのがマナーのようになっていた。あいちゃんはバイオリン、私はピアノを小さいころから続けていたこともあり、クラシック音楽の話で盛りあがることが多かった。

「やっぱりデュトワのボレロがいいよ」

「私はチャイ5がいいな。オケでファーストをやったんだけど、ウォークマンで聴きっぱなしだったから、いまもチャイ5が頭のなかで鳴ってるよ」

野暮な説明だが、チャイ5とはチャイコフスキーの交響曲第五番、ファーストとは第一バイオリンのこと。そのころモーリス・ラヴェルに夢中だった私は、いろんな楽団が演奏した「ボレロ」を集めては聴き比べ、どの指揮者のどこの楽団の、いつの録音が好きだとか、フランス系の指揮者のほうがハープや弦楽器のピチカートが綺麗だとか、そんなことばかり話していた。あいちゃんはオケ（オーケストラ）でロマン派前後の音楽を中心に演奏していたので、私があまり得意としなかったチャイコフスキーやベートーベンについて、あれこれと教えてくれた。

亜也ちゃんとは、よく遊びに行った。といっても、受験生の遊びなので、ゼミの前に近くのマックに行くとか、集中講座の合間にお茶を飲む程度のことだったが、私たちにはそれで充分だった。

カップから立ち上る紅茶の香りを味わいながら、私たちはよく人生のことを話し合った。国は違っても、二人とも同じころに留学し、帰国子女枠での受験を考えたり、専攻する学部で悩んだりしていて、似たような困難を抱えていた。

「ねえ、麻由ちゃんは受験ってどんなふうに考えてる？」

「うーん、いまは分からないけど、とにかくフランス語をやれる大学に入りたいから、受験するしかないよね」

「私、何を専攻しようかまだ決まらないんだ」

「専攻が決まってないのに、どうしてこんなに大変な思いをして大学に行こうと思うの？」

「そりゃあ……やっぱり大学には行かなくちゃ。将来のこともあるし。麻由ちゃんはどうして大学に行くの？」

「文学がやりたいんだ。フランス語なら専門学校もあるじゃん？」

「大学じゃないといろいろ選べないみたいだから。先生になることも考えているしね」

「私はちよちゃんたちみたいにＩＣＵに行きたいんだ。でも、行けなくても大学でやりたいことを見つけられればそれでもいいな」

そのときには、亜也ちゃんの言うことがあまり理解できなかった。いま思えば、私のようにやりたいことがはっきりして大学に入るのも一つの方法だが、それがまだない人にとっては、せっかくいろいろな科目が学べる大学に行くのなら、やりたいことを決めずに何でも吸収する方法もあったわけだ。大学で社会に出る準備をすると考えるなら、それは大人のやり方といえるかもしれない。亜也ちゃんは、目標がはっきり見えている私を羨ましがるようなことを言ったりもしたけれど、いまの私からみれば、心のレベルとしては彼女のほうがずっと成熟していた。

「麻由ちゃんを見ていると、私も頑張らなくちゃって思うよ。だって、麻由ちゃんはすべり止め受けられないんだもん」

それは、たしかに不利なことではあった。当時私たち〝sceneless〟（私の造語で全盲の意味）の受験は、大学入試点訳を担当するボランティアさんが、試験当日に学内で問題を点訳してくれていた。問題が洩れないよう、事前に点訳することができないためだ。一人の入試のために、当日に少なくとも四、五人の点訳者が必要になる。点訳者の数が限られているので、それだけの人数を用意するには受験校を減らすしかない。こうした事情から、私たちは一校か二校しか受けることができなかった。そんなのフェアじゃない！　と抗議したとき、進路指導の先生が言った。

「麻由子、たしかにフェアじゃないよな。でもなあ、考えてごらん。すべり止めで受けた大学に、本当に行きたいのか？　妥協して行くためにボランティアさんやみんなに助けてもらうのか？　おれはさあ、やっぱりさあ、一所懸命教えた生徒には、一番行きたい学校に入ってほしいなあ」

深く信頼していた先生にゆったりした宮崎弁で諭されて、私は素直に納得してしまい、結局志望校をしぼり、文字通り背水の陣で受験に臨むことになった。

「私、なんにも進まなくて、駄目かもしれない。でも受かっても落ちても、ゼミは楽しかったから、よかったよね」

「うん。そうだよね」

話はいつもそんな会話で終わり、私たちは落ち葉の季節から寒風の季節へと移り変わる薄暮の街並みのなかへと、腕を組んで戻っていった。

クリスマスが過ぎ、正月が過ぎた。私たち四人も願書をすべて提出し、最後のゼミに出席した。

「集中して、静かな気持ちで、いつもの力を全部出しきりなさい。みんな、よく勉強したね」

世界史の先生が、歌うような声で話している。

「頑張ろうね」

「終わったら、必ず電話し合おうね」

こうして、私もみんなも、名残雪を超え、立春を超え、新たな季節の訪れとともに、試験の荒海へと漕ぎ出していった。

うち靡く春立ちぬらし我が門の
柳の末にうぐひす鳴きつ　よみ人知らず　同巻十

上智大学は、それまで〝sceneless〟の学生を受け入れていなかった。先輩が門を叩いたときには、準備ができていないとのことで受験は叶わなかった。しかし私のとき、先生がアタックしてみようと言ってくださったので、やってみることにした。盲学校への返事は「希望をすべて書き出した手紙を送ってください」というものだった。そこで、私は学校で学んでみたいこと、授業に必要なこと、学内でのことなど、考えつく限りの希望を書いて提出した。そして数日後、大学から「準備が整ったので受験してください」との返事がきたのだった。

四ツ谷の駅から大通りを右に向かって土手沿いに歩く。私は母に手を引かれ、ポケットに入れたカイロの温（ぬく）もりを確かめながらゆっくり歩いた。点字受験者にとって、指先が冷えて文字の読みが遅くなったり不確かになったりしないよう、カイロを持ち歩いて手を温めることは必須なのだ。点字の筆記は少し音がするので、私は別室で一人受験した。

「ここに問題用紙をおきます。いいですね」

試験官の先生が丁寧に問題用紙を触らせてくださった。厚い。こんなにたくさんの問題を、時間内に終わらせることができるだろうか。「はじめ」の声とともに、私は急いで問題用紙を返してページを開き、おそらくほんの少し前に書かれたばかりのまっさらな点字に指をおいた。

国語、世界史、英語……。頭に詰め込んだものを放出するというよりは、ギチギチの引出しの奥深くまで手を入れて、記憶のすみずみから答えを取り出す感覚だった。これはこれ、これはこれ、と一つ一つ解いては、注意深く解答を打つ。おっちょこちょいな私は、この解答のときによく間違えた。正解を知っているのに、選択肢を間違えたり、数字を打ち違えて不正解になったりして、しょっちゅう悔しい思いをした。点字は、一点打ち違っただけでまったく違う数字や記号になってしまうので、一点のミスが致命傷になる危険がある。答えそのものを間違うのならいざ知らず、おっちょこちょいで間違うことだけは何としても避けたかった。

英語の試験を受けていると、突然、近くで鐘が鳴りだした。

カーン　カーン　クアーン　クアーン　クアーン

まず響きの浅い音、続いて、石畳の道の奥までよく響く、美しい鐘の音。問題に集中していた私は、思わず椅子から腰を浮かせた。いったい、何が始まるのだろう。しかし、その鐘はすぐに終わった。落ち着いたら、ふと合点がいった。どうやら、教会の鐘のようである。分かって、また思い出した。盲学校の近くには東京カテドラルと呼ばれる大きな教会があり、窓を開けていると時折風に乗って鐘の音が聞こえた。

その音は日によっていろいろだった。私たちはどの音を聞いても「あっ、教会でお葬式やってる」などと悪ふざけしたものだった。

「素敵な学校だ。こんな学校に入りたかったんだ」

再び問題に戻ったが、心にはそんな思いがふつふつと溢（あふ）れてきた。中学受験のとき、ミッション系の学校に受験を申し込み、拒否されて人生最初の理不尽さを味わったのに、私はミッション系への憧れを捨てられなかった。その学校に通っていた大好きなお姉さんが話してくれる毎日の様子は、まさにこの鐘の音のように優雅で穏やかで、楽しそうだった。

朝にはミサを受け、お祈りをし、シスターの先生が優しく授業をしてくれる。そういう学校にいつか入りたい。意識からは消えていたけれど、私のなかにはそんな憧れが残っていたのだろう。上智を受験している真っ最中にあの鐘の音を聞いたとき、心の深奥に眠っていたその憧れが、まるで砂漠に忽然（こつぜん）と現れる湖のように、胸いっぱいに満ちてきたのだった。

「ああ、あれは隣の教会の鐘ですよ。イグナチオ教会のね」

入学したら、鐘の正体が分かった。ミッション系の学校だから鐘が鳴ったのではなく、隣の教会の鐘だったのだ。なあんだ、と思ったら、実はそのイグナチオ教会と上智大学は、同じイエズス会が運営していることを教えられた。学内で鐘が聞こえるのには、やはり相当のご縁があったわけである。

　白雪の常敷く冬は過ぎにけらしも
　　春霞たなびく野辺のうぐひす鳴くも　　　よみ人知らず　同巻十

　入学も決まったのでそろそろみんなに電話しようかと思っていたら、あいちゃんから電話があった。

「おめでとう。私はね、立教に決めたよ。ちよちゃんはＩＣＵに入ったって」

「そう。よかったね。あいちゃんも、おめでとう」

　今度は亜也ちゃんからの電話が鳴った。

「私は早稲田に行くことにした。演劇を勉強しようと思うの」

「おめでとう。私は上智に決まったよ」

「おめでとう。麻由ちゃん、やっぱり夢を手に入れたね」

　夢を手に入れたというよりは、夢ばかり見ているというのが本当のところである。

だが、夢がなければ何も始まらないことも、また真実ではあるまいか。

入学を前に、亜也ちゃんが家に招いてくれた。立派なステレオにフカフカのベッドのある亜也ちゃんの自室に通された。ステレオからは、ブルーノートの静かなジャズが流れている。

「亜也ちゃん、音楽の趣味も大人だね」

「大人ってほどのもんじゃないけどね。私たち、これから大人になるんだもの」

春に触れる　野草を摘みに

摘み草の名一つ言へて嬉(うれ)しかる　　麻由子

草摘みという季語がある。春の野に草を摘みに行くことである。ところが不勉強な私には、どうも草の区別がなかなかつかない。イヌフグリの花は青空の色をしているとか、リュウノタマは濃い瑠璃色をしていると言われてその鮮やかな色を想像することはできるのだが、草花に限っては、小さな草の特徴を触覚でおぼえるのがとても難しいため、すぐに種類を言い当てることはなかなかできないのだ。目で見ていても小草の名前をすぐに言える人ばかりではないと聞くが、触って見分けるのはさらに難題であろう。ましてや、小さな草に胡麻粒(ごまつぶ)のような花が「綺麗な色でたくさん」ついているような場合にいたっては、花を見つける触知能力を相当に鍛えていなければ、どれが草の葉でどれが花なのかがにわかには分からない。

そのため草花との付き合いは長らく諦めていたのだが、ある俳句結社の吟行に参加するようになって少しだけ草花の触り方のこつが分かりはじめたころから、春の草摘みが本当に楽しみになってきた。ニワゼキショウ、ヒメムカシヨモギ、ジゴクノカマノフタ、キツネノカミソリ、ホトトギス、オドリコソウ……。そんな草花の名前は歳時記のなかの世界のように思っていた。だが、吟行しながらいろいろ触らせてもらううちに、だんだんと草の輪郭が形になって指に伝わり、その状態も読めてきた。

たとえば、イヌフグリの小さな花が満開に咲いているところを触るときには、まず真上から草の位置を確かめ、花を抓(つま)ませてもらう。これで花の咲き具合や草の元気度が分かる。次にその花をもったままもう片方の手で根元を見つけ、そっと茎をたどって花に戻る。これで草全体の姿と、立ち方が分かる。その間に花の色合いを聞いておくと、可愛(かわい)らしいイヌフグリが一所懸命咲いている感じが色のイメージとともに味わえる。

私の場合、草花は点字ふうに一粒単位で触り分けている。イヌフグリのような丸みのある花は特にこの触り方が効果的で、点字を読むように左手の人差し指で花粒を一つ抓むと、一つ一つの硬さや大きさを感じることができる。硬ければ蕾(つぼみ)、少しボロボロすれば開花した状態だ。その開花した花弁の先端がピンピンしていれば、花は咲いたばかり。鈍い感触ならそろそろ終わりである。こういう花に触れると、草が〝花の点字〟で何か教えてくれているような気がして、つい点字感覚で花同士の距離や開き方を「読んで」みたくなるのだ。花の観賞にはあまり似合わないかもしれないが、もし花が点字になっていたら、きっと草からの手紙が書かれているに違いないだろう。

一本の観察が終わったら、その一本から手を離さないように周辺の地面を探し、同じ花を見つけ、見本の一本と比べてたしかにイヌフグリなのだと確認することができる。同じ花が群生していれば、青空色の絨毯（じゅうたん）のように広がって咲き誇っている様子に感動できる。あるいは、その花が見つからず、イヌフグリをハコベやスズメノマクラのような草が囲んでいるようなら、そこは緑の絨毯であり、その中にイヌフグリの色がピーンと際立っているのだろうと想像する。「草花歴」の浅い私には、まだ自分でイヌフグリやニワゼキショウを見つけることはできないが、見つけてもらって観賞し、周りに同じ花があるかどうかを探索するぐらいまでは何とか行きついたものらしい。

冬が終わり、霞が地平線をけぶらせるころ、ザラザラした土がホッコリと空気を含んで膨らみ、そこから細いながらもしっかりとした草の芽がチクチクした先端をがんばって立てて生えてくる。そのチクチクが日々育ち、茎となり、葉を出してツンと立ったり、フカフカの葉を広げていく。ザラザラの土を草の優しい手触りが少しずつ埋めていき、地面のどこに手をおいても草に触れられるようになると、春が本気で動きだす。ハコベの元気な硬さ、ビロードの絨毯のように密生した蓮華（れんげ）、空を指しているような土筆ん坊（つくしんぼう）。草が歌っているような地面を掌（てのひら）でなでると、春に触っている気がして心がどんどんとけていくのである。

そういうわけで、ここ数年は、たとえ種別の見分けはつかなくても、年間を通してさまざまな状態の植物に触れたいとたえず思うようになった。春にはヒンヤリと柔らかな花や新芽、夏にはツヤツヤと水気のある木の葉、秋には硬くて小さな実を山盛りにつけたイネ科の草々と暖かな落ち葉、そして冬には一見眠っているかに見えて、触ってみると内部で活発に活動していたりする大樹の幹に触りたいと思うのだ。

しかし、長い冬を乗り越えていよいよ新しい命を燃やそうとしている下萌（したも）えや満開の花、ゴツゴツの枝々、ツンツン生えてくる新芽の先端は、大地と草木の喜びを指先に直接伝えてくれるので、私は春の植物に触れるのが一年のうちで最も楽しみなのである。

私にとって、色は記憶と知識の混合物だ。だから、普段は何であれ、意識的に色を加えて想像しないと物に色が付かない。だが植物の場合、色がなくても手触りに注意を集中させればそこからかなりのことが読み取れるように思う。

　ときとして、目で見ても異常がないのに触ってみるとどうも元気がないので、おかしいと思って掘り返してみると根が鉢を回ってしまっていたなどということもよくある。花を活(い)けているときも、色を意識せずに花や枝が活けてほしいと言っている方向を読み取ってしまうと、自然に枝物の位置や角度が決まり、全体がふっとまとまっていく。私がするのは、華道の決まりを踏まえて花たちのメッセージに従って全体の形を作り、あとは散髪しながら毛先を揃(そろ)えるように微調整をしてあげることだけである。こうしてまとまった作品は、技術や美的センスの未熟さはともあれ、活花(いけばな)としては一応成立する。それは、私がどう活けたいかという独断によってではなく、花がどう立ちたいかを伝えてきたメッセージに従って活けたからにほかならない。花からのリクエストにうまく対応できれば、活花はきちんと一つの空間を作ってくれるのである。そんなことを何度も経験しているためか、私は、うっかり色を聞き忘れて花を手にしてしまっても、花が発するメッセージはたいてい受け取れているのではないかと思うのである。

草摘みでは、野の草を活花のために摘んでくることが多かったが、ある年の春、両親と連れだって川の土手を歩いていると、母がヨモギを見つけた。川の水は少なく、流れの音は聞こえない。その代わり、遠くで雲雀（ひばり）が大変な勢いで鳴いている。

ピーチクパーチク
日に二朱　利ー取る

ある友人は「ああでもない、こうでもない」と聞きなした。私の聞きなしは、

アチコチ　アチコチ　必死　必死　必死
チイチャクチイチャク　ホレホレホレホレ

意味は「あちこち行く小さな小さな鳥だけど、ここにいるよ、ホレホレホレ」というような感じ。
息もつかずに鳴いているので（といっても鳥は吸っても吐いても鳴いているので息

はついているのだが）、ずっと聞いていると声に方向性がなくなり、どちらで鳴いているのか分からなくなる。吸っているときに鳴けない人間としては、あまり真剣に聞いていると息が尽きてしまうので、私は雲雀を聞くときには窒息しないよう、充分注意することにしている。

　水気と春泥の湧き立つ匂いを含んだ風が、余寒の冷たさと早春のほの暖かさを同時に運んでまっすぐ吹いてくる。その音が耳元でボワボワと鳴るのを聞きながらそぞろ歩いていたとき、ヨモギの香りがホワリと立つのが分かった。

「ヨモギが生えてる。摘んで帰ってテンプラにしましょうか」

「それはいいね。摘んでみよう!!」

　私も大はしゃぎでヨモギの葉を摘みはじめた。餅草の別名ももつヨモギは、触れるそばからあの爽快で甘苦い香りを放つ。雀隠（すずめがく）れぐらいの長さに育った千草の中に、ヨモギはひときわ光沢のある手触りの葉を大らかに広げている。ヨモギの葉は、水を含んでいるせいか他の葉よりやや冷たい。その温度と柔らかさは、朝顔の花に似ていると思う。朝顔は、産毛の生えた葉が温かめなので花の冷たさが際立つのに対し、ヨモギの葉はチクチクした周りの草の手触りから柔らかな葉の光沢が際立ち、触れてから葉の冷たさがじんわりと伝わってくる。その葉を少し揉（も）むと、美味（おい）しそうな餅草の香りがパッと生まれて手元の空気を爽やかに澄ませる。草の観察に弱い私でも、あの瑞々しい光沢と葉の広がりはすぐに探り当てられ、香りによってヨモギと確かめられる。その充実感が嬉しくて、私は両手を広げては草地をなで、ヨモギの光沢を見つけては柔らかい葉を選び取り、野外観察に欠かせないポリ袋をいっぱいにした。

その晩、母は腕によりをかけてヨモギのテンプラを揚げた。昼間の優しい陽光を思い出させてくれるようなヨモギの香りが厨中に満ちて、紅花油の甘い香りが食欲をそそる。

やがてテンプラが大皿にもられ、香り高い春の恵みが私たちの前に調えられた。まず、父が箸をつける。パリッと美味しそうな音が響き、ヨモギの香りがホワッとこちらにもやってきた。

「うーん、美味しいよ。やっぱり摘み立ては香りがいいねえ」

父がテンプラを頬張って感動している。私も箸を上げて大皿に向けた。

春の醍醐味はまさにここにありとつくづく思った、その瞬間、私ははっとして憑かれたように箸をおき、自室に戻ってパソコンのスイッチを入れた。

「た、た、たしか……」

胸がドクドク震えている。心臓が喉元まで脈打つほどドキドキしている。いらいらしながら検索サイトを開き、キーワードを入れてクリックした。

「ヨモギ　間違え　有毒」

出てきた。いくつかのサイトがあるようだ。信頼できそうなところを開き、音声が読み上げる画面の内容に聞き入る。

あった。

「ヨモギは……トリカブトの葉と形がやや似ています。間違えないように……」

いくつかのサイトに同じような注意書きがあった。そうなのだ。ヨモギといえども油断はできない。セリとハシリドコロを間違えたとか、毒茸を間違えて鍋にして食べた人がいたというニュースが、年間に何回あることか。あれは、たしかにヨモギだったと思う。だが、もし万が一ヨモギでなかったとしたら……。

恐怖が突き上げてきた。私はパソコンを閉じて部屋に戻り、両親を驚かさないように静かに言った。

「これ、止めておこう」

「え？　どうして？　こんなにいい匂いがしているのに。美味しいと思うけど？」

ちょうどテンプラに箸をつけようとしていた母が訝った。

「野草だから……何かと間違えてたらちょっとこわいじゃない？」

「大丈夫でしょう？　これはヨモギだもの。間違えようがないわよ」

「でも……ぜったい？　ぜったいぜったいぜったいヨモギ？」

母が間をおいた。

「そう……そう念を押されると……」

「でしょ？　間違えれば命に関わるから」

「そんな、似た草があるの？」

「あるみたい……」

「何と？」

言いたくなかった。父が、もう一箸つけているのだ。その植物の名前を口にしただけでいまにも父が苦しみだしそうな気がして、私はためらった。

「何？」

もう一度問われて私は「……トリカブト」と声にならない声で言った。

「ええ？　違うわよ。トリカブトは葉の形がぜんぜん違うんだから。うちの庭に植わってたこともあるし、花屋さんでも売ってるから、見れば分かるわよ」

「でも、季節によって葉の色も違うとか、野生種だと形が違うとか、あるかもしれないから」

「まさか……」

言いながら、母の声もだんだん心配そうになってきた。

「そう、調べたの？」

「うん」

そのとき、父が穏やかに言った。

「止めておきなさい。苦しむのはお父さん一人でいいんだから」

もっと早く気づいていれば……。私は心から後悔した。川辺でうたがっていれば、これを摘んでくることも、テンプラにすることも、こんなにいい香りにだまされることもなかったのに……。もし本当に父が苦しみだしたら……。ほかの有毒植物なら助かる可能性もあるかもしれないが、トリカブトだったとしたら……。

涙が込み上げてきた。ご飯どころではない。私たち三人は、押し黙ってテンプラ以外のおかずでとりあえず夕食を終えた。

一時間。一時間半。父に異変はない。テレビドラマなどでは、トリカブトなら食べて数十分で何かが起きている。おそらく、トリカブトとは間違えていないようだ。しかし、まだまだ予断は許さない。そのとき、私はふと思い出した。俳句仲間の一人で漫画家の小林木造さんは、茸も野草も自信をもって採ってきて食べられるほどの植物通だった。よし、と私は電話をかけはじめた。まだ午後九時半だ。電話して叱られる時間ではない。それに、たとえ夜分だったとしてもこれは非常事態である。赦してもらえるに違いない。

「もしもし、木造さん？　突然すみません。あのね……」

私はヨモギを採取した場所と状況、草の状態、香りなどをつぶさに報告した。

「っていう感じなんだけど、ネットで見たらトリカブトに葉っぱが似てるって書いてあるんです。大丈夫かなあ……」

「香りは？」

「いい香りがしてます。ヨモギの香りなんだけど……」

「じゃあ大丈夫。おれ断言できるけど、それ、ヨモギ。トリカブトは、割合湿っぽい山の中の、暗いところに生えてるから。今日の場所は広い河原で日向なんでしょ？　トリカブトはそういうところには生えないいし、いい香りもしないから、安心して食べて大丈夫だよ」

「ありがとうございます」

電話を切ったとたん、急におなかが空いてきた。

と言って木造さんの教えてくれた話を聞かせ、だからもう一度食べようと言った私に、母は断固として反対した。

「もう、いや。食べないでちょうだい。ヨモギは、こりごりだから捨てちゃったわ」

ああ、あの美味しい香り。香ばしい紅花油。パリッとした衣……。何という大損をしたことか。何も考えずに素直に春の恵みをいただいていればよかった……。私はまたしても、そしてさらに深く後悔した。

「あーあ、美味しかったなあ。もう、この世のものとは思えないほど美味しかったよ。二人とも、残念だったなあ。あーんなに美味しいものを食べ損なっちゃって」

父が大げさに美味しがって見せるので、私は余計に悔しくなったが、時すでに遅し。

ああ、ヨモギ……。幻のヨモギのテンプラ。いやいや、諦めてはいけない。今度はぜひ、自分で確かめ、自分で揚げて食べてみなくては！　その日のためにも、私はヨモギの識別能力を磨くべく、毎年春の野で草に触れては、大地の力をお裾分けしてもらっているのである。

春の匂い「のたり〳〵」と潮の香り

梅が香や微雲澹月(びうんたんげつ)渓の冷(ひえ)　幸田露伴(こうだろはん)

植物学者牧野富太郎(まきのとみたろう)は、著書『植物知識』のなかで、日本人はさほど花の香りに注意を払わないが、西洋人は香る花を大変珍重すると書いている。けれど、私は本当にそうかしらと首をかしげてしまった。

なぜなら、日本の四季にはそれぞれに象徴的な花の香りがあり、自然破壊に苦しむ現代の文明下にあっても、ほぼ全国的に愛されている花の香りが存在するからだ。たとえば、春なら梅や沈丁花(じんちょうげ)、夏なら梔子(くちなし)、秋には金木犀(きんもくせい)、冬には蠟梅(ろうばい)や水仙。沖縄や北海道のように特殊な気候の地域はともかく、こうした花々は時代や地域を超えて愛(め)でられ、特にその香りが魅力とされてきた。しかも、日本では家の庭にこのような「全国区」の香り高い花を植えて、一帯の空気を香りでいっぱいにするという暗黙の

「文化構築協力隊」ができている。少し大きな屋敷には、必ずといってよいほど金木犀や沈丁花など、季節を象徴する香り花を付ける樹木が植えられている。

偉大な学者である牧野氏は、もとよりそうした日本の文化を感じておられないはずはないので、ここで指摘したかったのは、西洋の人々にとって、香りがある場合は花そのものの美しさよりも香りが優先するということだったのではないだろうか。たしかに、西洋では薔薇(ばら)やラベンダーなど香りの強い花を選び出し、その香りによって治療効果を得ようとするアロマテラピーが発達した。日本にも菊枕(きくまくら)や菖蒲湯(しょうぶゆ)などの風習はあるが、それを体系的な治療法にしてはいない。この辺の違いが牧野氏の目に留まったのかもしれない。

そんなことを考えながらこの本を閉じたとき、ちょうど立春がやってきた。

春は四季を通じて一番香りの数が多く、またその種類も多彩な季節のように思う。「梅二月」は私が最も愛する季語の一つだが、その梅の前には、すでに蠟梅という別種の花が気品と爽快さに満ちた香りを放っている。蠟梅の終わりと重なるように梅が蕾をつけ、開花すると、淡いが底抜けに明るい香りが溢れてくる。

開花後の香りは、紅梅と白梅でまったく違う。紅梅は蠟梅に近い甘さをたっぷり含んでいて、吸い込むと鼻腔と喉で梅のキャンディーを楽しむかのような美味しい匂いである。一方白梅の香りには、やや粉っぽさがあり、紅梅のような甘さは感じられない。だがとても花らしい高貴な香りで、淡さ故の気品があるのだ。面白いことに、ピンクの梅の香りには、紅梅の甘さと白梅の粉っぽさが絶妙なバランスで混在している。ピンクが赤と白のミックスであることが、香りで実感できるのである。

あるとき、莟が開きかけた紅梅を試しに嗅いでみた。すると、フワフワの花びらの先が少しだけ顔をのぞかせている莟の先っぽから、馨しい甘い香りが早くも萌々と立ち出ではじめていた。その香りは頼りなげな一片の空気にすぎなかったが、開花を待ちきれない花が、漲る息吹を莟のなかから思わず吹き出してしまったかのようだった。

こうして梅の香りがたけなわになってくると、地上の風の匂いがいよいよ春めいてくる。「春めく」「夏めく」などの言葉は、前の季節の終わりに次の季節の予感がするという意味ではなく、その季節が本当に進んできた感じを表すときに使う。「春めく」なら、三月ごろ、春がいよいよ加速度的に進んできた時期の言葉である。

風の香りはどことなく花の匂いが折り込まれたような甘さを帯び、心を揺さぶる力を秘めた埃っぽさをもっている。その匂いのなかに、桃の花、続いて沈丁花の香りが含まれてくると、春はいよいよ深まる。そして、ついに桜が開花する。風には早くも新緑の一端を思わせる青い香りが含まれはじめている。私は、このころの風の香りの移ろいから、全山に花が咲き誇る様子や、町の家々が美しい花で彩られる様子を思い描くことができるのである。このころ地上は、夏への飛躍を控えて一度霞の底に沈んでしまうような、茫洋（ぼうよう）とした感触に覆われる。

それは、まるで時間が止まったようにさえ思える感触である。私はこれを「春の真空」と呼んでいる。本来、春は激しい季節で、あらゆる命と大地がともに夏の活動期に向けて準備を進めている。ところがそこに、ふと真空の時間ができるのだ。激しい音楽にも間があり、大混乱のなかにもふと息をつける一瞬があるように、春は激しい季節であるからこそ、その時々に移ろう花や風の香りに包まれた真空の時間、つまり「霞」をもっているのかもしれない。

こんなふうに、春の香りの豊かさに気づいた後、私は一つの不思議な体験をした。ある俳句が、一つの世界として私の心の風景にドーンと飛び込んできたのである。

春の海終日（ひねもす）のたり〳〵哉（かな）　与謝蕪村（よさぶそん）

このあまりに有名な句に出会ってからもうずいぶん長い。当時小学生だった私にも、句の意味はすぐに理解できたし、その感じにも簡単に共感できた。だがこの句の意味する深い感覚が「実感」として体に入ってきたのは、さまざまな春の香りを意識した後、吟行で伊豆下田（いずしもだ）の海を訪れたときであった。ここで私は、文字通り終日「春の海」と過ごしたのである。

「のたり〳〵」という言葉は、誰が見ても春の穏やかな浜で波がゆったりと寄せては返す長閑（のどか）な風景を詠み、眠りを誘う優しい波音を表現したものであろう。だが、それを感じるほどの心理状態を呼び出したものがもうひとつあると、私は下田の海で感じた。

その日、夜明けの海は上げ潮だった。波の音は忙（せわ）しなく、まるで川の上流に向かって橋上に佇（たたず）んだときの水音のように、波の立てる水面の音がこちらに向かってくる。ところが太陽が昇ったとたん、いままで向かってきていた水音がさっさと向こうへと返りはじめた。

漁業や海洋学など海に携わる方にいつか確認してみたいのだが、上げ潮と引き潮のとき、潮の香りが変わるように私には思える。上げ潮のときには、潮の香は瑞々しく、出し汁のような甘味をもっている。それが引き潮に変わると、一気に塩気が濃くなり、いわゆる「磯臭い」香りになるような気がする。浜近くに残る海水密度が濃くなるためなのか、あるいは風向きのせいか、私の気のせいなのか。分からないけれど、潮の香の違いは、間違いなく海の表情といえるだろう。夜が明けて陸風が海風と交代すると、潮の香はひときわ馨しくなり、ときには狂おしいほど濃くなってくる。干満の差が激しい春は、特に潮の香りが際立つのである。

太陽がすっかり空に姿を現すと、潮の香に混じって船から出るディーゼル燃料の排気ガスも匂ってくる。よい香りとはいえないが、いままさに出港していく船の息遣いが香ってくる心地で、私自身も航海に旅立つようなワクワクした気持ちが込み上げてくる。

しばらくすると、今度は海の町の匂いがやってくる。店で魚貝を焼く匂い、市場におろすために荷揚げされる鮮魚の匂い、浜に打ち上げられて乾いていく海藻の匂い。港はどこにあるのだろう。姿の見えない港町の匂いがかわるがわる、風に乗ってやってきては潮の香と混ざり合う。

こうして香りの移ろいに揺られながら潮の干満とともに時を過ごしていると、梅から桜へと陸の匂いが移ろうなかで感じた「春の真空」が海にもあったのだと、突然実感した。「のたり〳〵」は、この海にある「春の真空」を切り取ったものなのではあるまいか。

春の海はたしかに長閑だけれど、けっして「終日」同じ波長で寄せては返しているわけではない。ときには波立ち、ときには崩れ、そのたびに潮の香が濃くなったり薄らいだりしている。しかし蕪村は、そうした変化のなかでも特に穏やかな時間をとらえて「終日のたり〳〵哉」と言いきった。どこまでが「事実」かはさておき、蕪村の心のなかでは、春の海はやはり「終日のたり」であったのだ。それはある種のトランス状態だった。そうなるまでに、「潮の香に包まれる」という過程があったのではあるまいか。これがあったからこそ、蕪村はこの秀逸な擬音語表現を授かったのではないか。

下田の海で「海の春の真空」に出会ったことで、私はあの「のたり〳〵」と共感するという段階から、その真の感覚が私のなかに入ってくるという段階へと進むことができたのだった。

ところで、ここまでは私の主観的な蕪村鑑賞であるが、この「のたり〳〵」にはもう少し意味があると思わせる記述に出会った。

桐原光明（きりはらみつあき）氏の『夜明けの自由詩人　与謝蕪村』（崙（ろん）書房出版）によれば、京都で活動していた蕪村は、宝暦十年（一七六〇）までに大切な人をつぎつぎと亡くし、宝暦も末年（一七六四）近くまで句らしい句を作らなかったという。その期間に作られたとされる貴重な三句のなかに、あの「春の海」の句が入っているのである。

経験者はご存知と思うが、俳句というのは、一度作りだすとほぼ毎日作るものである。三年もの間ほとんど作らなかったというのは、俳人として大変な出来事といえる。もちろん、記録に残っていないだけで、日記帳や句帳にサラサラと認めた日常句はあったかもしれないが、それを差し引いたとしても、京都ではともかくすでに江戸では高い評価を得ていた蕪村がこんなに長い間、記録されるような句を作らなかったとすれば、その心労やいかにというところであろう。

蕪村論にはさまざまあるが、この記述を手がかりにするならば、蕪村が詠んだ「のたり〳〵」というのは、ただ単に穏やかな海の様子ではなく、私も聞いた、激しさも悲しさも内包した「海の春の真空」ではなかったかと思えてくる。

蕪村は、心痛はなはだしい時期に、何かの機会で春の海を訪れたのだろう。おそらく彼は、穏やかななかに隠された激しさを時折垣間見せながら寄せては返す春の海を見つめ、狂おしいような潮の香に包まれた。春は極度に深まり、蕪村がじっとしている浜も、見つめている海も、茫々とした霞の底に呑まれている。果てしなく続く波音とむせ返るような潮の香、この世のものとは思えない森閑とした空気。そんな世界に包まれ、朦朧とした感覚のなか、蕪村の心には自ずとさまざまな思いが浮かんでは消えていたことだろう。雲裡坊に誘われたのに断った筑紫旅行が、当の雲裡坊にとって最後の旅行になってしまったことへの感慨、もし自分が同行していればという後悔にも似た気持ち、その後につぎつぎと他界した大切な人々への切ない思いに胸が疼いたかもしれない。

しかし「のたり〳〵」という「海の春の真空」にはまった瞬間、ふと蕪村の心の状態が切り替わったとも考えられないだろうか。悲嘆と逡巡の果てに辿り着いた「海の春の真空」。そこで蕪村は、生きるとは人の死も自分の生もすべて自身で引き受けていくことなのだと悟り、ようやくそうする決心を得たのかもしれない。彼を包んだ真空は、このターニングポイントになったのかもしれない。

海を見ていると、心が落ち着いたり気持ちが整理されたりすることがある。「のたり〳〵」の意味をこんなふうに味わうとき、潮の香はますます深く、濃くただよってくるのである。

もし、梅から始まり春の海に至るさまざまな「春の香り」に目覚めていなければ、私は潮の香りから「のたり〳〵」についてこれほど深く考えることも、「春の真空」を体感する機会もなかっただろう。

「春の真空」は蕪村のことを離れても、生きとし生けるものにとって、夏へ向かうターニングポイントといえよう。それを味わわせてくれるものこそ、春の香りであり、それらを嗅ぐ私たちの心なのである。

春暁の引き潮であり出港す　麻由子

春を食べる　幸せのストロベリー

イチゴでは、何度も驚かされている。まず、あの表面のツブツブは種なのだと聞いて驚いた。一粒にいったいいくつの種が付いているのか、そこから何本の苗が育つのか、考えたら気が遠くなった。

イチゴはバラ科だったことにも驚いた。バラと同じように、木のものと蔓のものがある。ただ、実に皮がついていないので、バラ科のほかの植物と「仲間」という感じがいまひとつ薄い。同じ仲間の梅、リンゴ、ナシ、アーモンド、サクランボなどは、どれも表面に皮や膜の役割を果たすものがあって、果肉に辿り着くのがやや大変な印象だからだ。対してイチゴは、摘めばその場で食べられる。バラ科にしては食べる側に親切な果物である。

あるとき、私はイチゴの一種、ワイルドストロベリーについて不思議な話を聞いた。名前からすぐにピンとくる方も多いと思うが、このイチゴを育て、実が成ると幸せになれる、はっきり言えば、女性が結婚できるという。いわゆる都市伝説である。ただし、実を食べると駄目とか、種から育てないと駄目とか、都市伝説らしい尾ひれがついていて、実際にはどれが「正しい」やり方なのか分からなかった。

近所の園芸センターに行ったとき、ふと思い出して探してみると、可愛らしい鉢に植わった「幸せを呼ぶイチゴ」が棚いっぱいに並んでいた。聞きしに勝る人気である。女性の友人にも何人か育てている人がいた。雑誌などには、育てたらスピード結婚できたとか、友だちに株分けしたらその人も結婚し、さらにその人が株分けした友人も結婚したりして、一年の間に自分を含め十人の女性が身のまわりで結婚したといった話がてんこ盛りになっていた。

私は結婚についてはいたって暢気に構えていたが、よいまじないなら乗らない手はない。白馬の王子様を連れてきてくれるのなら、もちろん大歓迎だし、そうでなくても、初めて育てる植物の鉢を前にするときめきは堪えられない。こうして「緑の苗が選りどり見どり」などとつまらない冗談を口走りながら、鉢植えの苗を二つほど買ってみたのである。

家に帰ると、早速大き目の鉢への移植にかかった。苗の根元をそっと指で挟み、小さな鉢を逆さにしてゆっくり取り出すと、黒土に少しだけ油粕とカリ肥料を混ぜた

「お手製土」に植え替え、ベランダの一角に据えた。幸せはくるのだろうか。

　イチゴが私にとって特別な存在になりはじめたのは、物心ついた直後ぐらいだった。病弱だった私は、しょっちゅう熱を出して学校を休んだ。手持ち無沙汰に枕元のラジカセでテレビの3チャンネルをかけ、子供向けの教育番組を一日中聞いていた。近所の子供たちが登下校する賑（にぎ）やかな声にぼんやり耳を傾けながら、私はいつ学校に戻れるのだろうと思っていた。

　そんなときは食欲がなく、熱い体を布団のなかでもてあますばかりだった。母は心配していろんなものをもってきてくれるのだが、食べられないものは食べられない。「具合はどう?」と訊（き）かれるたびに、よくなっていないといけないような気がして返事に困ったりした。かといって放っておいてほしいとも思わず、わがままな病気の子供は、母の愛情に甘えることで日々の命をつないでいた。

　食事がとれないとき、母はよく果物を用意してくれた。リンゴやナシ、モモを剝（む）いて小鉢に入れてもってきてくれたり、イチゴを買ってきてくれることもあった。ミルクに浸したイチゴではなく、そのままの新鮮なイチゴだ。横になった姿勢で食べられるためだったのだろうが、私は味としても、そのままのほうが好きだった。たまさか気取って「イチゴミルク」が食べたくなることもあったが、果物はやはり、新鮮なものを何もかけずに食べるのが一番美味しいと思う気持ちはいまも変わらない。

寝返りを打つのも大儀なときは特に、一口で食べられるイチゴは嬉しかった。味も一番好きだった。でも、私はあえて、イチゴを一口で食べてしまわず、細かく食べながら味の変化を楽しんだ。

ヘタをもって尖(とが)ったほうを少しかじると、一番甘いところの味がスウィートスポットとなって舌の上に落ちてくる。粒の大きな種類のものは、この部分が尾根のようにつながっていて、スウィートスポットは大きくなった。さらにかじっていくと、中ほどにいくにつれて汁が増え、酸味が入ってくる。それを口いっぱいに広げると、気分は「ジュースの園」にいるようである。そして、ひんやりした汁が体温を吸収してくれるのを楽しみながら最後の一口をいただく。ヘタの側は淡白な味で、それまでのスウィートスポットや「ジュースの園」の印象をさっぱりと締めくくってくれる。この三つの味と柔らかいながらしっかりした口当たり、そして熱を和らげてくれるたくさんのジュースをもっているイチゴは、病床に湧きだした泉のようだった。粒が大きいと大味になるとよくいうが、私は大味のイチゴも嫌いではない。ジュースがたくさん入っていてくれさえすれば、大満足である。

だが、イチゴが特別になったのは懐かしい思い出のせいだけではない。この果物は、なぜだか私が人生の大事な局面に居るとき、さりげなく現れるのである。

中学受験が終わり、なんとか進路が決まった春、私は泊まりに行った友だちの家でイチゴをいただいた。クリスタルの小鉢になみなみと入っているのは、タップリのミルクに白砂糖を混ぜた甘いシロップ。その白い海に、宝石のようなイチゴがビッシリ浮かんでいる。脇には底が平たい「イチゴスプーン」が上品に添えてある。

「いただきます」とご挨拶してから、一粒のイチゴをスプーンの底でとらえ、左手で小鉢を押さえながら右手のスプーンに段々と力を入れていく。すると、イチゴは素直に変形し、シロップと中のジュースが融合する。贅沢(ぜいたく)な甘さとイチゴの酸味が、集めてきたばかりの樹液のようにネットリと口に広がる。スプーンが食器に軽く触れる音が、美味しさに涼味を加える。さまざまな曲折を経てようやく中学部の試験に合格した春のイチゴミルクは、小学部時代の疲れを癒してくれるほどに甘美であった。

でもいくつか食べたところで、私はイチゴをつぶすのが可哀(かわい)そうになってきた。小さなイチゴをあられもない姿につぶしてしまうのが、なんだかいじめているみたいで憚(はばか)られてきたのだ。そこで思い切って友人の母上に許しを請うた。

「あの、私、やっぱりつぶさないで食べたいんですが、いいでしょうか」

「どうぞどうぞ」

母上は笑いながらお許しをくれたが、本当の理由は話さず仕舞いだった。

高校時代にアメリカ留学したときには、ホストファミリーに「イチゴ」と呼ばれていた。真っ赤なほっぺをしているからだそうで、ホストファーザーが「麻由子はまるでストロベリーのようだ。日本語で何ていうんだい」と訊いたのが始まりだった。"ichigo"と教えると、子供たちが面白がって「イーチーゴ」「イーチーゴ」と連発しだした。本好きの妹は「リトル・ストロベリーは何ていうの」と訊いてきたので「イチゴチャン」と教えたら、今度は「イーチーゴーチャーン」のオンパレードになった。以来いまだに、イチゴを食べるたびに「共食い」しているような、妙な気分になってしまう。


そんな小さな縁の重なりから、いつかイチゴを育ててみたいと思っていたのだ。

「幸せを呼ぶイチゴ」は、黒土から栄養をとりながら順調に葉を伸ばし、花をつけた。

袋から出して鉢に空けたばかりの黒土は、フカフカの羽毛布団のようで、その中に植えられた苗は大変気持ち良さそうだ。根元を丁寧に均(なら)しながら「たくさん栄養をとって実をつけてね」と話しかけているうちに、苗は植え替えられたことを理解し、その鉢に根を下ろす決心をしていくのかもしれない。

水をかけると、土はチュルチュルと音を立てて水を吸い、植物の根がその水を受け取る。苗が育ってくると土は固くなり、水を吸う音も硬くなってくる。

こうして我がストロベリーはスクスクと育ち、ミニチュアブドウのようにたくさん実をつけた。ブドウの房とはもちろん違うが、鈴なりの、ザクザクした手触りの実の塊を下から指でたどると、イチゴの房のように感じられた。以前、蔓イチゴを育てるのに失敗した苦い経験があっただけに、この成功は嬉しかった。しかも、これは母にもらったイチゴでも、友だちの母上にいただいたイチゴでもない。私が自分で育てたイチゴ、それも「幸せを呼ぶ」イチゴなのである。

都市伝説によれば、幸せになるには実を食べてはいけない。しかし私は、初めて植えた植物が成らせてくれた実を味わってみたいという好奇心に勝てなかった。白馬の王子様のことも気にはなったが、エデンの園のエバでさえこの好奇心には勝てなかったのだ。実を食べたいというのは人類の本能であり、植物は食べてほしいから実を結ぶのだ。と手前味噌（みそ）な仮説を立て、私は自然の摂理に従うことにした。

「ありがとう」と言いながら、一粒ずつ摘んでいく。摘む傍（そば）から、甘そうな酸っぱそうなジュースが滲んでくる。

最初の一粒を食べた。ちょっとゴリゴリする。香りは甘いイチゴだが、ジュースはキリリと酸っぱかった。こんな小さな実のどこに入っていたのかと思うほどたくさんのジュースが出てきた。桑の実にもグミの実にも似た味がした。実を食べたら幸せが逃げていくどころか、もっと幸せがやってくるように思えた。

こうして、私はワイルドストロベリーを数年楽しんだ。実を食べても食べなくても、何も起こらなかった。そこで、何も起こらないことが幸せなのだと考えることにした。

イチゴがとんでもない姿で現れたこともある。ある夏の終わり、数人で都内の月島から「もんじゃ焼きの屋形船」なるものに乗ったときのこと。

船が動いている間は火を使えないのでビールなどが振舞われた。自由の女神像の見えるお台場につくと、座敷のコンロに火が入り、もんじゃ大会の始まりとなった。趣向を凝らしたもんじゃが次々と登場し、最後に堂々と運ばれてきたのが、名前はうろ覚えだが「イチゴフレークもんじゃ」とかいうものであった。

姿はフルーツパフェそのもの。これをバラして「普通に焼く」という。私たちは恐る恐るもんじゃの粉とフルーツでできた「パフェもどき」に匙を入れ、少しずつ焼きはじめた。クレープのような香り。見かけよりいけるかもしれない。

おずおず食べてみる。チョコクリーム、もんじゃの粉、ドライフルーツのコラボレーションが絶妙（？）な感じ。そして、きた。イチゴ。やはりドライだった。でも、酸味と甘味はしっかり残っている。「ジュースの園」は、もんじゃになってもその片鱗（へんりん）をしかと残していた。ああ、懐かしや「ジュースの園」。されど、乾燥して楕円形（だえんけい）にひしゃげたイチゴは、何やら気の毒であった。ともあれ、これを考案した人は勇気ある御仁よのお、などと一人で感心していたら、一緒にこの不思議なデザートもんじゃを平らげた友人がぽつりと言った。

「けっこううまいけど、陸地で食べるもんじゃないなあ」

その後も、イチゴ狩りに行った年には私の人生にとって大きな決断ができたり、新しい世界に向かうきっかけを得たりと、イチゴは未（いま）だに威力を発揮している。そのせいか、私はいつも、イチゴに出会うとなぜだかときめいてしまうのである。

夏

夏を食べる　涙のお寿司（すし）物語

　夏料理の代表選手のひとつである寿司は、寿（ことほ）ぎの席に欠かせない。湯気を上げながらも涼しく炊きあがった酢飯に冷たい鮮魚が小気味よい薄さに切られて爽やかにのっかっている。脂ののったトロやカンパチの濃厚な口当たりもよいし、蟹（かに）や蛸（たこ）の香り高い歯ごたえもよい。小さいころはあまり好きではなかったが、いまでは穴子の香ばしさやたれの味わいもたまらなくなってきた。

　私が好きなネタのベスト5は雲丹（うに）、白魚、中トロ、ゲソ、ホッキガイ辺りだろうか。もちろん、すべて生がよい。生の鮮魚の甘味に舎利（しゃり）の酸味と米の香りが合わさって、口中に味のコスモスが出来あがる。その間に、冷たいネタと温かい舎利が程よい温度に融合していく。このブレンドの過程が堪えられない。

　ネタ本来の味として好きなベスト5を挙げるなら、キンメダイの刺身もしくはヒラメの縁側、ボタンエビ、ホタテ、蟹、ホタルイカ。もちろんすべて生で食べたい。これらは舎利なしでも大好きだし、新鮮なものなら醬油なしでもいけてしまう。焼き物も好きだが、寿司の醍醐味はやはり生のネタのように思う。卵焼きや光り物で寿司屋の腕が分かるといわれるが、だからといって、寿司屋でわざわざ卵焼きや光り物だけを所望する人はそういないだろう。やはり勝負はネタの味と舎利の炊き加減、握りの腕前なのではあるまいか。

私には、握りの腕前が一番はっきり現れるのが生ネタだと思える。

ところで、寿司は私たちにとってどんな存在だったのだろう。いまも寿司は、メニューに値段が書かれていないような高級店から食べ盛りの子供たちと気軽に行ける回転寿司までさまざまで、高級なものとしても身近なものとしても広く愛されている。一方で、寿司が大きく発展した江戸時代には庶民のファストフードだったと言われている。

たとえば、三遊亭圓生の落語「蝦蟇の油」からは、いまと昔の高級なネタが異なっていることが分かる。この噺は、いつも名演技で通行人を唸らせては高い「営業成績」を上げている蝦蟇の油売りが、儲かったのをいいことに昼間からちょっと一杯やり、外に出てみたらまだ日が高いのでもう一儲けして帰ろうと再び店を広げたところ、酔っぱらっての口上は失敗だらけというもの。お決まりの反復失敗型である。蝦蟇の油を刀に塗れば、押して切れぬ、引いて切れぬ、と言いながら引いたら思いっきり手を切ってしまい、出血を止めるのに蝦蟇の油を塗っても止まらず、自棄になってしこたま塗って「薬の重みで止める」と口走り、それでも止まらずにとうとう「なんと、お立会いのうちに血止めはないか」と呼ばわるのがサゲである。

圓生特有の挿入句に、ネタの特徴が現れている。油売りが呂律の回らない口上を言いながら口をクチャクチャさせ「数の子が出てきやがった」とか「から揚げが出てきやがった」と、録音によって異なるいくつかのネタを挙げるのだ。きたないお話だが、先ほど飲んでいたときのおつまみが歯の間から出てきたということである。現代の感覚で、数の子を食べていたとはよほど儲かったのかと一瞬思うのだが、「安い酒はおくびが出てしようがねえ」と言っているので、儲かったにしても彼が行ったのは旦那方が行くような小料理屋ではなく、ごく普通の居酒屋であろうと想像できる。とすれば、数の子は当時、高級品ではなく、から揚げなどと一緒に食べられる普通の食品だったのかもしれない。少なくとも、圓生の時代にはそういう感覚だったのだろう。

寿司は四〜五世紀ごろに東南アジアで生まれて八世紀に日本に持ち込まれ、江戸時代に発展したといわれている。東南アジアで食べられていた寿司は、魚を炊いた米で包んで発酵させたもので、外側の米は捨ててしまったそうである。日本では、せっかくだから米も食べようとなり、いわゆるなれ寿司が編み出された。こうして、発酵した魚とともに酢飯も一緒に食べるようになったらしい。それがさらに進化し、漬けてからすぐに食べる「早鮨（はやずし）」も人気が出てきた。これがいまの寿司の原型となった。もともと、寿司は大きな塊で作られたものを切り分けて食べていたが、この早鮨が江戸時代に職人向けファストフードといえる握りの形に作られるようになり、握り寿司が誕生した。寿司の成り立ちについても諸説あるらしいのでこれはかなり乱暴なまとめ方だが、だいたいこんなところが寿司の歴史だそうである。この一般説によれば、寿司はその日暮らしの職人さんたちにも簡単に手の届いた屋台のファストフードで、現代なら差しづめ飲茶（ヤムチャ）やコンビニフードの位置づけになる。

一方、圓生と並ぶ名人である古今亭志ん生（ここんていしんしょう）や桂文楽（かつらぶんらく）、林家彦六（はやしやひころく）などを聞いてみると、寿司はあまり手軽なものとして描かれていない。火事見舞いにきてくれたお得意様に商家の旦那が振舞うとか、幽霊が仲良くなった職人をもてなすために行く店が寿司屋だとか。この噺「小幡小平次（こはだこへいじ）」では、幽霊は福をもたらしている家からお礼にこの店ではいくら食べてもよいと言われているのだと自慢する。

江戸時代の庶民たちが普通につまんでいた寿司と、「小幡小平次」で小平次たちが店で握らせていた寿司とではものが違ったのかもしれない。

恥ずかしながら、私は二十歳の春まで、寿司はさび抜きでしか食べられなかった。ツンとくる感覚が苦手だったし、何より、山葵（わさび）を入れるとネタの味がすべて山葵に負けてしまい、魚本来の甘味と舎利の甘味のブレンドが楽しめなくなってしまう気がしたからだ。山葵は魚の臭みと毒消しの役割を果たすので、体のためには食べたほうがよいのだと何度も教えられた。だが、せっかくの刺身の味が山葵にかき消されるのが、どうも納得できなかったのである。味でいえば、まろやかな醬油があれば充分だし、薬味にはガリがある。これで味も毒消しも充分ではないかと勝手に理屈を立てていた。

寿司で最初に泣いたのは、高校一年の夏だった。アメリカに留学するために成田を旅立つ前夜。海外で和食がまだ珍しかった当時、一年間は生きのいい寿司は食べられないだろうということで、両親が壮行会を兼ねて有名な寿司屋につれていってくれた。何でも好きなものを言って握ってもらいなさいと言われ、雲丹やイクラはもちろん、好きな貝類や蛸などたくさん所望した。

「そうかい、お嬢ちゃんは明日からアメリカかい。いいねえ。うちの店にもときどきドイツ人をつれて社長さんがくるけどね、ドイツの人は海苔（のり）巻きは嫌いなんだって。

紙を食べてるみたいなんだとさ。こんなに香りがしておいしいのにねえ」

板前さんが機嫌をとって話しかけてくれる。

「おいしい？　そう、そりゃよかった。たくさん食べてって、アメリカの人に話してやってね」

本当に、その寿司は美味しかった。両親の愛情と、板前さんの優しさが嬉しかった。そう思った瞬間、両眼から涙が滂沱（ぼうだ）とボロボロこぼれ落ちてきた。アメリカには行きたかったから、自分で留学を決めた。両親から離れることも覚悟していた。けれど、それが実際どんなものなのかは、想像していなかった。

心にさまざまなことがフラッシュバックしてきた。クラスメートたちが「春の海」のオルゴールと一緒に点字の寄せ書きを贈ってくれたこと、親友が千羽鶴を折ってもってきてくれたこと、壮行会で祖父母が餞別（せんべつ）をくれたこと。みんなの励ましの言葉が涙と一緒に心の表に浮かんできた。気が強いくせにさみしがりやの私は、たとえその先にどんなに楽しみな出会いが待っていようと、別れというものにどうしても堪えられない。それは、いい年になったいまもまったく変わっていない。

「永遠の別れじゃないんだから」

「帰りたかったらいつでも帰ってきていいんだからね」

両親がかわるがわる声をかけてくれると、余計に涙が増えてくる。板前さんは、黙って雲丹の握りを追加してくれた。

「元気でいっておいで」

このとき、私は自分が生まれついての日本人なのだとつくづく思ったのだった。

そんなほろ苦い寿司の涙の後は、大人になるための寿司の涙だった。大学時代に迎えた成人の年の正月、両親につれられて伊豆諸島に旅行した。伊豆の島は、椰子(やし)の木が揺れ、明日葉(あしたば)の育つ南国。黒潮洗う海岸の露天風呂で地響きのなか初湯を浴び、昼ご飯に「新鮮なお魚満載の島寿司」をいただくことになった。

「もう大人なんだし、そろそろさび抜きは卒業したらどうだ?」

父の提案で、思いきって「普通の」寿司を注文してみた。ネタは文字通りさっきまで生きていた新鮮なものばかりで、海水の香りが濃く残っている。ヒンヤリ、ツヤツヤのネタに熱々の舎利。うっとりと口に含んだとたん、来た!!　山葵……。ツーンなどという生易しいものではない。ツンツルツンツンツーン、鼻から脳天へと一気に抜けた。

「山葵、利いてるでしょ?　伊豆は山葵が自慢だからねえ」

注文する前に言ってほしかった。そうと知っていれば、大人へのチャレンジでそんなに強い山葵を選ぶはめにはならなかっただろう。しかし時すでに遅し。脳天へと抜けた山葵に当てられて、私は言葉も出ずにひたすら落涙していた。

「そんなにおいしいの？　嬉しいねえ、泣くほど喜んでもらえるなんて」

おばちゃん、違うんだってば。

「困ったねえ、無理しなくていいよ」

見かねた父が新しくさび抜きを注文してくれた。そうして心から伊豆の美味を堪能できたのだった。が、山葵に負けたあの悔しさが忘れられず、新たな決意とともに泣き泣き最初の寿司にも挑戦し、島を去るころにはどうにか泣かずに寿司をつまめるくらいに鍛えられたのだった。

おかげ様で、いまでは寿司屋でさび抜きを所望することもなく、人並みに山葵も楽しませていただけるようになった。しかしやっぱり、お刺身だけは山葵なしでいただいている。ネタの味は、いまでも山葵なしのほうがゆっくり楽しめるのである。

年を経るにつれ、寿ぎに限らず、お寿司ではこのほかにも何度も泣いた。祖母を送る通夜の席で食べた寿司、尊敬していた最初の上司がロンドンの本社に赴任してしまうときに二人で食べたお別れのお寿司……。きっとこれからも、何かの節目に食べるお寿司に涙をこぼすことだろう。そしてそのたびに、心がひとつ成長し、新たな一歩を踏み出す力を得るのだろう。

それにしても、涙なしのお寿司だけで力を得られたら、どんなによいことか。幸せは苦労しなければ得られないというけれど、別れのさみしさだけは何とかならないものかといつも思う。

私は、人と寿司の膳を囲むたびに、どうかこの人たちといつまでも仲良くできますようにと願わずにはいられない。そして、とろけるような寿司の香りと歯ごたえを口中に残して蒼天（そうてん）の街に出ると、またよい食事ができますようにと願って歩きだすのである。

夏を聴く「私の滝」

「私の滝」と呼びたい滝が二つある。水の国である日本では、少し山に入るとあちこちに滝がある場所が多いが、それらのなかで、あの滝を思うと懐かしくて胸がキュンとなる、それが「私の滝」である。

滝に手で触れることはできないし、音だけ聞いても全体像がなかなか摑めない。そこで私は、滝見ポイントならぬ滝聞ポイントを見つけ、そこから音によって滝を楽しんでいる。

滝を音で楽しむには何と言っても、大きな滝の落ち口にできるだけ近づき、そこから滝の高さを「聞き下ろす」のがよいと思う。下から「聞き上げる」よりはるかにはっきりした距離感を伴って、落下する水の動きを耳で追うことができるからである。

山で野鳥の声を聞いていて、私は上方から聞こえる音に対しては、意外に方向感覚がないことに気がついた。何かが私の頭より数メートル以上高い位置で囀っていたとき、その声が前後左右どちら側の「上」から聞こえてくるのか、にわかには分からないのだ。「あの枝」とすぐに見当がつくのはせいぜい頭上二、三メートルぐらいまでで、それより上からの音は「上」としか認識できない。特に頭上「真上」からの声は、たしかに真上から聞こえているかどうかを改めて聞き直さなければ、方向に確信がもてない。この確信を得るため、私は上から音がすると顔を上に向けて音に正対する姿勢を取り、音源の方向を特定する。音が聞こえる方向を見つけることを「音源定位」と言うが、真上の場合、私は漫然と聞くのではなくこの方法を使わないと正確な定位ができないということになる。だがたいていは、こうすれば上からの音もすぐに定位できる。

身近な場所でこの感覚を確かめるなら、音声案内付きのエレベーターに乗ったとき、案内がどの高さから聞こえているかを耳で感じてみていただくとよいだろう。スピーカーが低い位置にあれば「こちら側のドアが開きます」と言われたらすぐにその方向が分かる。だが頭より高い位置から放送があると、スピーカーの位置を耳だけで特定するのは少し難しくなる。もちろん、どの位置からでも特定できる聞き分け能力をもつ方もおられると思うが、“sceneless”の知人たちのなかにも、真上に音声案内があると反響も手伝ってどこに向かえばよいのか分からないと困っている方が多いので、これは私ばかりの経験ではなさそうである。滝の真下に立つと音が真上からほぼ垂直に降ってくることになるので、滝壺（たきつぼ）から水音を聞き上げる方法ではせいぜい頭上数メートルまでの水音しか聞き分けられず、滝の高さや大きさを実感しにくいのである。

反対に滝の上から聞くと、かなり下方の音でもはっきりした方向感覚を伴って聞こえてくる。下から聞こえてくる音は、真下を含め、上からよりはるかに正確に音源の位置が聞き取れる。滝より音が聞き分け易（やす）い環境として、たとえば高さ十メートルほどの古墳の天辺（てっぺん）に立って周囲の音を聞き下ろしてみよう。前方下の国道を左右に行き交う車の流れが音の地図のように聞こえてくる。左斜め後ろの鉄橋を渡る二両電車が後方に大きく弧を描いて右前方へとユルユル進んでいく音なども耳で追うことができる。

この聞き分け術を滝の落ち口で応用すると、落下する水の迫力ある動きを耳で追いながら滝の醍醐味を堪能（たんのう）でき、滝が大きくなるほど「聞き下ろし」の醍醐味も大きくなる。

しかし、あえて「私の滝」となると、ある小さな優しい滝が思い浮かぶ。こうした小滝は、もちろん真上から聞けば大きな滝同様に聞き下ろす楽しみが味わえるが、大きな滝と違って、滝壺の位置に立っても「上の音の識別限界高度」以内の範囲で水音を追えるので、降り注ぐ滝の音に包まれる高揚感を楽しむことができるのだ。加えて、大きな滝の上からでは聞けない、細やかな水のささやきを間近に聞くことができる。鼓膜の中で、それらを点字を読むように一つ一つの雫の音に分解していると、まるで滝と「お話し」しているようで、ほんわりと嬉しい気持ちになるのである。

「私の滝」の一つは、行こうと思って人を誘えば何とか行ける場所。もう一つは、日本国内にあるけれど、おそらく私には生涯でもう一度行けるか、もしかしたらもう行けないかもしれない場所にある。滝に深く魅せられたのは、この「秘密の滝」の前に立ったときだった。轟く落下音の壁が放つ圧力に全身が呑まれ、ホワイトノイズの中で意識が遠のく錯覚に陥る。同時に、心の中にあったすべての雑音が排除され、瀑布の音さえもどこかに遮蔽されてしまったかと思える静けさにも包まれていく。すると、体がフワリと宙に浮くような浮遊感が満ちてくる。この特有の感覚を、私は「空心感覚」と名づけている。環境が整えば、これを味わえる滝はいくつもあることだろう。また、一度この経験をしておけば、これが味わえない滝でも、「空心感覚」や「聞き下ろし」を思い出して再現し、滝の醍醐味を追体験できる。なんとか行ける場所に「私の滝」を持っていると、そこに行けば全身の感覚を瀑布に預ける一種の「心理的滝技」ができるので、お勧めかもしれない。

滝に魅了されるきっかけとなった秘密の滝とは、白神（しらかみ）山地にある「くろくまの滝」である。またぎ出身の山の案内人のおじさんが、一世一代の決意とともに、女性として初めて私をつれていってくださったのだった。

くろくまの滝は、鍵のついた門を入り、未舗装の林道を小一時間も車に揺られて辿り着いた起点から、さらに少し疲れるくらい歩いた山のなかにあった。

そこは、女人禁制の山だったという。またぎのおじさんは、〝sceneless〟の私が登山する決意で白神を訪れたことに心を寄せ、前夜に山の神様に許しを請うて私の入山を叶えてくださったのだった。入山直前にそう聞かされ、恐縮と畏怖の気持ちとともに、私に得がたい経験をさせようと大きな決断をしてくださったおじさんの勇気に、心から感謝と尊敬を感じたものである。

瀑布に近づくと、滝ぎわ独特の霧を帯びた「無風の風」がそこはかとなく忍び寄ってくる。そのなかに細かな飛沫（ひまつ）が交じり、いよいよ滝のそばにきたのだと心拍数が上がってくる。水辺は気持ちが安らぐ場所でもあるが、私はある距離以上近づくとドキドキしてしまう。子供のころ、海水浴場で父と乗っていたゴムフロートごと大波に呑まれてでんぐり返った「小さな恐怖体験」はあるが、おぼれたこともないし、水泳も好きだった。水が恐（こわ）いとは思わないはずなのだが、大量の水を前にすると、その質量と圧力にくじけてしまうものらしい。くろくまの滝でもそんな気持ちに少しだけなりはしたのだが、気がつくと、森から生まれたばかりの滝水の、透明で切れ味のある音に深く聴き入っていた。

くろくまの滝は、瀑布のすぐ前にちょうどよい小さな足場があり、雄々しくかつ優しくなだれ落ちる滝音にじっと集中することができた。六月のブナの葉は、水分をたっぷり含んだ甘く馨しい香りがする。無数の甘い葉の香りを吸い込んだそよ風が頬をなでている。甘美な風に包まれて滝に近づいていくと、ある一点を境にそよ風が滝特有の風に変わる。大きな滝では「瀧風（たきかぜ）」ともいえる、飛沫と空気の混ざった風が、風圧を伴って吹いている。

しかし、くろくまの滝のように、大きいけれど優しい滝では、それは風というより滝のオーラのように感じられる。静穏で清冽（せいれつ）な、無風の風。最初は霞のなかに入ったようである。その質量を通して、滝の音が聞こえてくる。霞に音があるとしたら、あるいはこんな音かもしれない。滝を目前に立つと、その音は大きく鮮やかになり、水音のカーテンのように平らかに落ちてくる。ここで初めて、そのカーテンと同じように平らな「無風の風」が、霞から静かに流れる「霧風（きりかぜ）」となり、訪れた者を優しく包みはじめるのである。

その風は音も風力もなくやってきて、私の全身を神秘の冷気で包んでいった。はじめは前方から、そしていつしか背中のさらに後ろの空間までが、滝から発せられる霧状のエーテルに覆われていく。そのエーテルにスッポリ包まれたとき、足に触れているはずの大地の感覚が消えた。直立した姿勢のまま、背中の芯から力が抜け、両肩が軽くなり、かけているはずの鞄も手にもっているはずの白杖の感覚も、すべて消えた。あたかも体が空気にとけ込んで霧と一緒に「無風の風」となって、新たに生まれた空間を満たし、拡大していくかのように思えた。これが、「空心感覚」を初めてはっきりと意識した経験だった。それまでにもいくつもの滝を見てきたが、「空心感覚」をここまでしっかりと意識できたのは、くろくまの滝のおかげだったと思う。

「気持ちがいいでしょう?」

女人禁制を終わらせる英断を下してくれたおじさんが、静かな津軽弁で語りかけてくれる。

「これはね、あなたが山に登ってもいいって山の神様が言ってるということなんですよ。ああ、おれもよかった。禁制を破って神様が怒ってんでねえかと思ったから」

これを聞いて、私も嬉しくなった。おじさんにとって、この山に私をつれて登るということは、神様の掟に逆らうことだったのだ。それは、私のような俗人には考えられないような、大変なことなのだった。私には「女性では初めて」という言葉で柔らかく説明してくださっていたのだが、その実は「禁制を破る」ということだったのだ。鈍いことに、私はおじさんの言葉を聞いて、それこそ初めてあの「初めて」の本当の意味を理解した。開拓する、探検するということは、新しい可能性を開いて未来を広げることであると同時に、土地の結界を破り、ときにはそこに住む人々の掟や神様の禁制を破ることでもある。その事実に、この瞬間ようやく気がついた。何と鈍感な都会の人間。私はこのときほど文明に甘やかされた自分の人間としての退化を恥じたことはなかったと思う。

「そこまでしてつれてきてくださって、ありがとうございました。神様が赦してくださって私も嬉しいです」

「いや、つれてきたかったから。神様も赦してくれると思ってたから。それにしても、この滝の名前、変でしょう。くろくまっていうけど、日本の熊はみんな黒いんだから」

おじさんは急におどけて見せた。

当時俳句をはじめて間もなかった私にとって、瀑布という言葉は目に見えるであろう景色として想像できたけれど、自分の感覚で確かめるのはほぼ無理だろうと諦めていた。大きな滝に近づくことはできないし、瀑の布と見える水流に触れることなどとうてい考えられないからだ。しかしくろくまの滝で、私はそれを感じることができた。

滝涼し神ありとせば濡(ぬ)れてゐむ　河野南畦(こうのなんけい)

この句の添え書きには「白糸の滝」とある。昔から滝と山の神様はセットになっているようだ。人が滝に神を感じるのは、あの「無風の風」のせいかもしれない。
その風には、音なき音がある。滝そのものの音がこの不可思議な霧の風に染み込んでいて、それに包まれると滝の音はだんだんに遠のき、霧のなかで霞の精の声を聞きながら酔いしれる気持ちになってくる。

くろくまの滝の経験を携えて何度も旅をするうちに、今度は、機会と同行者に恵まれればなんとか行けないことはない場所にあり、かつくろくまの滝の「空心感覚」を想起させてくれる「私の滝」に巡り合った。八ヶ岳(やつがたけ)の麓の清里(きよさと)にある、吐龍(どりゅう)の滝である。

滝自体はいたって質素で、駐車場から少し息が切れるくらい山道を歩いていくと、突然現れる。

呼吸がやや速めになり、森林の息吹で体が清められはじめる。清々(すがすが)しさと伸びやかな気持ちに包まれて心から思念が消えたと感じたころ、噴水を思わせる細い水の音がシュルシュルと聞こえてくる。おや？　と思いながらなおも進むと、いきなり視界が開けてかわいらしい滝がポッと姿を現す。

小さいが、迫力では大きな滝に負けていない。川を隔てていてもいっぱしに「無風の風」が吹いてくる。いやむしろ、こういうつつましやかな風だから、無意識に佇んでいるといつしか全身がほんのり湿っている。気がつくと体温が奪われはじめているといったことも少なくない。けれど、汗ばんだ体にはこの冷気が心地よい。滝が放つマイナスイオンによって、五分も佇んでいると、体がフワリと宙に浮くかのようなあの錯覚をたしかにおぼえることができるのである。

小さな滝は、男滝(おだき)、女滝(めだき)などと呼ばれて歩いていると立て続けに現れることがある。ある年、鎌倉今泉(いまいずみ)にある陰陽(おんみょう)の滝で、不思議な音体験をした。ここは空海が刻んだと伝えられる不動明王と大黒天に由来する滝で、規模で見れば大変かわいらしい滝だが、思わぬ音の妙を秘めているのだ。手前味噌で恐縮だが、この滝を訪ねた際の原稿が「ＮＨＫ俳壇」（現・「ＮＨＫ俳句」）のテキストに掲載されたので、そこから少し引用してみよう。

滝壺に向かって、私は苔生(こけむ)した石段をそろそろと下りはじめた。と、ある一点まで下りたとき、さきほど崖の上で聞いた二つの水流の音が、一瞬にして左右に分かれ、二筋の独立した水音になったのである。左には女滝、右奥には男滝の水音が、私の耳と同じ高さから聞こえはじめた。不規則な石段をなおも下りていくと、それらの水音は、まるで足元から湧き立つように垂直に響いてきた。いま私は、その音の中へとまっすぐに下りている。鬱蒼(うっそう)と茂った大樹も、さっぱりと晴れ渡った空も、私の意識からどんどん遠ざかっていく。それはあたかも、空気に包まれたままゆっくりと水中に潜っていくような感覚であった。旧約聖書の中で、モーゼが杖を振り上げて二つに割った紅海を渡ったというようないにしえの人たちも、海岸の傾斜を踏んで海底に下り立つ間、こんなふうに水中に潜るような感覚を味わったのだろうか。モーゼの杖と空海の杖が、不意に妙な幻想と共にオーバーラップする。瞬間、小瀑が一瞬とてつもない凄味(すごみ)と圧力をもって迫ってくるような気がした。

だが世界には、たとえ落ち口の真上に立ったとしてもまずぜったいに高さを聞き下ろせない滝がある。南米ギアナ高地のテーブルマウンテンから落ちるエンジェルフォール（サルト・アンヘル）である。高いところから落ちるのでこう呼ばれているのかと思ったら、発見したアメリカ人の名前がエンジェルだったのだそうだ。これも、神秘の偶然かもしれない。大いなる水は千メートルの岸壁を落下する間に、霧となって空中に消えてしまうという。それでも、私はエンジェルフォールの真上に立ってみたい。この大地の芸術が作り出した滝の真上では、いったいどんな音がするのだろう。そして言ってみたいものだ。

「私の滝ですか？　もちろん、エンジェルフォールですよ。あそこはいいですね。水の音だけじゃなく、不変世界の音も聞こえますからね」

瀧音の斜めに落ちて砕けをり　　麻由子

夏に触れる　裸足に捧げる賛歌

幼稚園の年長組のころ、母と訪れたレコード屋さんで「裸足で裸」というレコードを買ってもらった。

自然をテーマにした詩が、小編成のオーケストラに乗せて、ペーソスのある斬新な旋律で歌われていた。五歳の子供には少し難しいうえ、どことなくさみしい感じのレコードで、とりたてて好きという気持ちはなかった。だが、なぜか繰り返し聴いた。いまとなっては誰の作詞・作曲かも分からず、詞の記憶も曖昧だし、断片的にしか思い出せないが、たとえば、

トカゲのとうさん　なにしてたい？

とか、

クルミを割ろうよ／トンテンカン　トンテンカン
クルミは固いね／トン　テン　カンカンカンカンカン
クルミを割ろうよ／トンテンカン　トンテンカン
クルミはかわいいね／トン　テン　カンカンカンカンカン

というようなものだった。クルミの歌は、このレコードのなかで一番明るくて楽しい歌だったので、こんなに長い断片をおぼえているのだ。子供の耳なので聞き逃したのかもしれないが、そのとき私は、レコードのタイトルである「裸足」という言葉がどの歌にも入っていないのが不思議だった。もしかしたらタイトル通りの名前の歌もあったかもしれないが、とにかく歌のなかに「裸足で裸」という一節がなかったのである。

「題名だから、歌に入っていなくてもいいのよ」

というのが母の説明だったが、このころには、絵本でもテレビで聴く歌でも、本文や詩のなかにはたいてい題名と同じ言葉が入っているものという印象が強くて、このレコードのように題名と歌詞が完全に独立しているという作りのものは大変めずらしく思えた。こんな違和感から、裸足という言葉が急に心のなかに刻まれてしまった。

母によると、私は裸足の嫌いな子供だった。初夏の気持ちよい午後、歩きはじめたばかりの私を遊ばせようと、裸足にして芝生に立たせると、足の指を丸めて足裏を芝生に着くまいとふんばっていたそうだ。柔らかな絨毯やスベスベした畳の足触りに慣れていたため、芝生がチクチクしていやだったのだろうか。

「どうして裸足がいやだったの？」

といまだに時折訊かれるのだが、そんな昔のことには責任がもてない。何しろ、私の記憶のなかでは裸足は好きな感触なのだ。芝生にしても、別に足指を丸めて避けたいほどいやだと思った記憶はないし、小学生のころには、遠足などで野原に出れば真っ先に、

「先生、裸足になってもいいですか!?」

と質問していた。大人になってもその好みは変わっていない。むしろ絨毯のうえで裸足になるのはあまり好きでなく、かつ野外で裸足になるのは大好きである。

物心ついてまずおぼえた裸足の三大快感は、リノリウム、畳、砂浜だった。

リノリウムは、教室の床である。夏、体育で水泳があると、そのころは教室で着替えていた。いま思うとずいぶん大らかな話だが、当時は小さかったことと、私たちのクラスが女子ばかりだったせいもある。ほかのクラスはどうだったのか知らないが、私たちは教室で着替えており、そのとき必ず裸足になった。上履きでしか入らず、毎朝丁寧にみんなで掃除をしていた教室の床は、いつもピカピカでスベスベだった。裸足になっても汚い感じはまったくない。それどころか、いつもは靴に締めつけられている足の裏が、靴からも靴下からも解放されて、それまで抑えられていた感覚が生き生きと戻ってくるのだ。

足裏が床に触れると、親指の付け根がキュッと伸び、つま先が四角いリノリウムの継ぎ目を確認する。靴のクッションなしの継ぎ目の感触は爽やかにはっきりしている。わざとヒタヒタ音をさせて歩くと、滑らかな床面が足裏全体を受けとめてくれる。その滑らかさのなかに、学校の楽しさが凝縮されているようで、私は教室で裸足になれる夏、特に夏がどんどん開いていく七月最初のころがたまらなく好きであった。

ところで、いまどきの動物たちは、私たち人間が裸足を楽しむ時期になると靴を履くらしい。盲導犬を使っている方たちの間では、夏になると焼けるようなアスファルトの上を歩かなければならないパートナーのために、どんな靴や靴下を誂(あつら)えてあげるかが話題になることがある。

ある人は、赤ちゃん用の靴下を履かせてみた。犬自身はすこぶる気に入っていたものの、いざ歩きだしたら、数歩で靴下がスッポリと抜けてしまった。靴と違って足から抜けても音がしないので、犬の足音をよくよく聞いていないと事態に気づけず困るのではないだろうか。ある人はペット用の靴を試したが、パートナーがいやがって履いてくれず、これまた難儀したのだとか。裸足を楽しむ人間の傍らで、その人間が作ったアスファルトの熱にわんちゃんたちが苦労しているとは、何ともややこしい話である。


畳の感触は、祖父母と従兄妹（いとこ）たちの記憶とともに心に浮かぶ。

東京郊外にあった母方の祖父母の家は、昔ながらの和風建築だった。小さな橋の付いた池のある庭に面して八畳の居間があり、襖（ふすま）を隔てて十畳ほどの隣室があった。奥の間や台所や洋間へは、檜（ひのき）の廊下を通っていった。炎天の外から入ると、家の中は冷房をつけなくてもひんやりと涼しかった。私たち家族が遊びに行くときは、たいてい従兄妹たちの家族もきた。男の子も女の子も、大きい子も小さい子も、みんな一緒に遊んだ。庭の池で鯉（こい）にちょっかいを出したり、家の裏の通路で隠れん坊をしたり、洋間のソファで飛び跳ねながら歌を歌ったり。そんな遊びに夢中になっていると、祖母がトウモロコシや枝豆を茹(ゆ)でて「みんな、美味しいのができたからいらっしゃい」と呼んでくれる。遊んでいながら、私たちはその頃合をちゃんと待っていた。「みんな」と声がかかると「はあい」ととびきりの返事をしながら居間へ駆け込んだ。

居間にはいつも、馨しい畳の香りが満ちていた。そしてヒンヤリした畳の涼味と目の足ざわりを楽しみながら、わざとヒタヒタ歩いたりスルスルとすり足したりした。祖父母は私たちが遊びに行くときは隣室との襖を取り払って広くし、自由に駆けまわれるようにしてくれた。天井の高い居間で分厚い欅材(けやきざい)の卓袱台(ちゃぶだい)を囲むと、サラサラの畳の上を庭からの涼風が滑ってくる。小さい従兄妹が嬉しがって広い隣室を駆ける。裸足の足が細やかに畳を打つ音がかわいくて、私はおやつの味を楽しみながらじっと彼らの足音に聞き入った。

「畳はね、職人さんたちが編んだものを畳屋さんが大きな針で縫って縁(へり)を付けて作るのよ」

編むとか縫うといえば糸や毛糸しか思い浮かばなかった私には、祖母の説明がよく分からなかった。ただ、こんな大きなものを作る人はずいぶん力持ちなんだなあと感心していた。

家のなかで裸足になるのは日本やアジアだけと思いがちだが、靴文化の中心とも思える欧米でも裸足の楽しみには定評があるらしい。私がアメリカにいたときにも、夏の最盛期には家に帰るとみんな靴を脱いで裸足になった。土足で部屋まで入り、ベッドの脇に靴を脱ぎ、そのまま日本家屋でするように普通に歩く。飼い犬たちももちろん裸足。みんな仲良くヒタヒタやっていた。日本のように、玄関という靴の着脱場所もなければ下駄箱もないので、当時私が住んでいた家や友人たちの家の多くは、外出靴をベッドの脇に脱いで揃えておき、あとはスリッパや屋内サンダル、または裸足で歩き、時期でない靴は買ったときに入っていた紙箱（シューボックス）に収めて、重ねてクローゼットの奥に仕舞っていた。

欧米人の知人には、わざわざ「裸足で歩く部屋」を作っている人もいる。大学の恩師がフランスに留学していた数十年前、先生が部屋で靴を脱いでいるのを見た、同じアパルトマンに住む友人のフランス人マダムがその気持ちよさに魅了されて自宅でも裸足を実践するようになり、先生のお宅まで裸足でやってきたそうである。

「彼らには裸足の気持ちよさは分かったけれど、内と外を分けるというところまでは分からなかったようですね」

パスカル研究の第一人者である先生は、穏やかに語っておられた。内と外の違いはともかく、裸足の楽しみは洋の東西を問わず、靴によって大地を感じるアンテナを遮断してきた都市文明人にとって、懐かしく楽しい感覚解放なのだろう。

裸足快感の最たるものは、何といっても砂浜ではあるまいか。田植えの泥も面白いし、ホッコリした畑の土に足を埋めるのも気持ちがよいが、砂浜の砂は、場所によって感触が細やかに変わるし、砂が「動く」ので他にはない面白さがある。

真夏、浜への石段を注意深く下りて砂地に立つと、波音と潮の香りがグンと強くなる。そのあたりはまだ砂が熱すぎて裸足にはなれないので、ビーチサンダルのなかに入り込む熱砂を慌てて飛ばしながら渚（なぎさ）に向かって歩きだす。柔らかく肌理（きめ）細やかな砂の下には、早くも固く湿った砂の表面が感じられる。これがどんどん表に出てきて、本格的に現れたところから渚が始まるのである。

渚の一歩手前でサンダルを脱ぎ、足裏を大地につけると砂はいつのまにかヒンヤリと涼やかになっており、足は黙っていてもそれを掘りはじめる。私たちの祖先にそんな本能があったかどうかは知らないが、あるいはもしかしたらそれは私固有のことなのかもしれないが、砂浜で裸足になると、私の足は勝手に砂を掘りはじめる。そして固く湿った渚の砂に行きつくと、どういうわけか安心して掘るのを止め、ちょうど足首あたりまでを埋めている砂に全感覚を預けるのだ。足はまるで、サイズが自由な砂の靴を履いたかのように優しく包まれ、足裏を通じて体の邪気がアースされている心持になる。

ある方に聞いたところでは、足裏には湧泉（ゆうせん）というツボがあり、ここから大地の気を取り込むと人間はエネルギーを得るのだとか。気というものを信じるかどうかは人それぞれだが、そんな素敵なツボがあるならぜひ信じてみたい。砂に預けた足裏の感覚が見る間に大地に向かって開かれ、邪気が放電されていく気持ち良さを味わうことができたなら、同じ足裏の湧泉とやらから大地の大いなるエネルギーを得るのもわるくないではないか。

一通り大地との挨拶を済ませると、いよいよ汀（なぎさ）に歩みを進める。裸足の醍醐味とも思える「動く砂」が感じられる場所である。

立つ位置としては波頭が脛（すね）のあたりまでくるぐらいが気持ち良さそうに思えるが、砂の動きを感じたいときは、そこを我慢して、波頭が足首あたりにくるところでじっと待つ。足の下に危ないものや打ち上げられた海藻などがないことを確かめ、波を待つ。

　汀で足に受ける海水は、季節を問わず、いつも思ったより冷たく感じられる。手で触れるとさほどでもないのに、足に触れると冷たさが際立つ。最初の一波はその冷たさにドキリとするが、次からは平気になる。

　そうやって来た波がササササーッと砂とのシンフォニーを奏でながら引きはじめる瞬間、足裏の下の砂がどんどん去っていく。そしてなぜか、最後にかならず、土踏まずのやや外側の一点だけが残る。その一点の砂が健気(けなげ)に私の全体重を支えている。一点がピンポイントでくすぐったい。最後までがんばってくれている砂にエールを送りたくなる。だがその瞬間、我が最後の一点はスッとどこかへ行ってしまう。潰れるのではない。消えてしまうのである。

　この「一点が消える」瞬間が不思議で、汀に佇んでいると飽きることがない。物理的には、おそらくあの一点は私の体重によって周囲の砂に呑まれているのだろう。ある意味では潰れたとも言えるが、感覚としてどうしても潰れたとは思えない。潰れたというよりは、ほかの砂と一緒になって体勢を平らに立て直し、次の波がくるまで再び私を支えることにしたのだと思えてしまうのだ。

　動いた砂は、波紋を刻んでいる。指でたどると崩れやすくてなかなか輪郭が捕らえられないが、足裏で踏んで歩くと、不思議に、崩れない形に触れることができる。波が描いては消すことを永遠に繰り返している砂絵の一端に触れるには、裸足が一番のようである。私は平らな砂が微妙に持ちあがっている面白い感じに誘われて、ついついどこまでもその文様をたどっていきそうになる。まるで黄色い誘導ブロックをたどるように、私は裸足にならなければ触れられない大地の絵文字を踏みつづけるのである。

それは、波が大地に刻んだ私たちへの手紙かもしれない。文明に甘やかされた私には、裸足になってその文字に触れても解読することはできないが、裸足を日常のこととしている海の民の人々には、読めているのかもしれない。いまそんな汀が世界中でどんどん無くなっていること、たくさんの島々が沈もうとしていること……。そんな絵文字を刻みながら、波もまた、自らの音を通じて同じ「大地のメッセージ」を発しているのかもしれない。また同時に、私たちが裸足になると、大地は「ああ、大地よ！」という歎息（たんそく）で始まる私たちからのさまざまなメッセージも受け取ってくれていることだろう。

残光を裸足で歩む浜路かな　　麻由子

夏の匂い　空が香る

香りとはもちろん、地上の空気の匂いである。料理や花など、特定の「香源」から発せられ、人の経験や記憶と融合して、心に作用するものとなっていくのだろう。いくつかの香りが混ざって土地や季節の大きな香りとなることもあるが、地上の香りであることに変わりはない。

しかし私のイメージの中では、空も香りをもっている。実際に確かめるには飛行機から飛び出しでもしなければ無理だが、少なくとも地上から舞いあがって空で融合し、さらに空にある別の成分とも融合してから降りてくる香りは、地上のそれとは違った「空の香り」と呼んでも良いような気がする。

これを、私は「天の息吹」と名づけている。「天の息吹」は、夏に最も強く感じられると思う。

空の香りに注意することは、私には雲を見る代わりの機能にもなっている。夏の野外で香りに注意していると、入道雲の迫力や空を駆けるさまざまな形の雲の動きが見えなくても、地上に居ながらにして空の表情を間近に感じることができるのだ。このイメージができるまでには、炎天下を歩いたり夕立に降られたりして体でいろいろと経験しながら、香りのもつ情報を、香りそのものの味わいと組み合わせて体感的におぼえなければならない。空を見ていればその情報を待つまでもなく「雨が降りそう」などと答えが分かってしまうが、空を見ないで香りを味わうには、こんな地道な訓練(?)が要るのである。だがこのイメージ術によって、私は実際の状況を常に正しく判断できるとまではいかないにせよ、"sceneless"であることを通じて、古(いにしえ)の人や、現代にあっても自然のエキスパートとして暮らしている方々に少しだけ近い感覚で「天の息吹」を味わえているのかもしれない。

夏に空が香ると書いたが、もちろん年間を通して季節毎(ごと)に特有の香りというものはあると思う。春の初めを告げるほのかな花の香り、草木の芽吹く香りと、たしかに春は、暦の進展とともに香りに含まれる生命感が高まり、それを吸い込んだ私たちの体にも命の躍動が戻ってくるからだ。春に関していえば、中国からやってきた黄砂は、春の空の香りと言えるだろう。黄砂が遠くから空を飛んでくるからというだけではなく、アジアの空を駆けてきているので、空の匂いが吸着しているだろうと思えるからだ。私にとって、黄砂の匂いは春の霞の匂いであり、その霞が棚引く空の香りなのである。

冬には、木枯らしがもぎ取った空の息吹が、まるで乾燥した寒天やお麩のようにカラカラに枯れて降ってきて、冬特有のカラリとした香りを運んでくる。

秋は空が高くなるというが、私はむしろ低くなるように感じる。家の近くの街道の音が、立秋を境にはっきりと変わるからだ。その音はまるで空に押さえつけられているかと思うほど低く、どんよりとした低音となってウォンウォンと響いてくる。特に、雨天の二日前から雨が止むまではその音が明らかに大きくなり、それを聞き分けて雨予想が当たったときには、テレビの天気予報よりも正確に雨天を予想できたと思えるくらいである。テレビの効果音担当者の方に話をうかがったとき、ヘリコプターの音を録音するのには曇天がよいと話してくださった。湿気のために音が押さえられ、空に散らないからだという。空が低く見えるときは、音も低い位置に押さえられるわけだ。ならば、街道の音が低い位置で押さえつけられることだって大いに考えられる。この作用によって低音が遠くまで伝わってくるとすれば、あのウォンウォンという音がするときの空は低くなっていることが考えられる。雨天の前に音が大きくなるのは、ヘリコプターの音が地上近くにこもるのと同じ原理かもしれない。そんなことから私は、秋は空に湿度が戻るため、「天高く」と言われるような体感や視覚的な爽やかさと反対に、空自体は月や太陽とともに冬に向けて低くなりはじめているのではないかと思うのである。

年間で空の香りをあまり感じないのも、秋である。空が低いので、地上から舞いあがる香りが空で変換されるほどの高さまで至らないのかもしれない。だから、山々で木々が夏の疲れを癒す溜め息をつき、その息吹が乾いた甘い香りとなって里や街へと広がってきても、紅葉や落ち葉の香りが季節の進展とともに移り変わっても、金木犀が馥郁たる香りを里いっぱいに満たしても、すべて地上の香りの集まりとしか感じられない。

一方、夏の空の香りは、他のどの季節よりも強く、はっきりしている。種類の多さと移ろいの速さでも、他の季節を圧倒していると思う。

まず、夏の空の香りは、日々刻々と変わっていく。天気にもよるが、たとえば夜明けの空は、夜に成長した植物が発した緑の香りをたっぷり含んでいる。無風の晴天時にはこの香りはさほど強くないが、朝曇りと呼ばれる夜明けには、束の間の爽やかな空気のなかに、森林を思わせる木々の息吹が込められていることがある。未明から窓を開けていると、まずその香りがフワリと流れてくる。湿度とは違う、曇りの湿気がこれに交じり、夏の朝の香りはちょっと重たい気がする。この香りは、私には朝曇りの香りである。

炎天の空は、あまり香らない。鼻を突くのは咽(けぶ)るような草いきれやアスファルトの焼けるにおいばかり。そんななかを歩いているときには、私自身に香りを楽しんでいる余裕がないせいもあるが、それとは別に、暑い日には植物が疲れているのか、山に入っても夜のような清々しい香りはしない。空に上がる香りが生まれていないのだろう。それどころか、光化学スモッグといった、ありがたくないものが空に溜まってしまうのだろう。もちろん、こんなときの香り探検はお勧めしない。

夏の空の香りが最も魅力的に息づくのは、昼と夜が天気の受け渡しをする夕刻である。香りをもたなかった空に植物や人間の営みの香りが戻り、風が立つにつれて動きはじめる。

空が夕立を準備している日には、これに加えて雨を予告する雲の「香りのメッセージ」が降りてくる。一本前の路地では普通の夕方の匂いだった道の香りが、一つ辻(つじ)を曲がると突然埃と湿気を含んだ雨の匂いに変わったりする。雨が降っていないばかりか、雨の音すら聞こえないのに、どこかで確かに雨が降っている匂いがする。打ち水のあとにもこの匂いがするので時折間違うが、たいてい、この匂いに出会ったら数十秒から数分の間に、私のところに雨がやってくる。しかし、そんなときに目の見える人と一緒にいても、たいていは「匂いはするけど雲が遠い」とか「あっちのほうは暗いけどこの辺の空は明るい」など、すぐには降りそうもない返事でなかなか信じてもらえない。そしていざ雨になると、本当だったねということになるのである。

空の香りを強く意識するきっかけは、通り雨が面白いと思ったことだった。小学生か中学生のころ、家の前に何かを取りに出たとき、数秒の通り雨に出会った。

玄関を出た瞬間まるでその場所の上の空でスイッチが入ったかのように雨がザアーッと降り、次の瞬間、息を呑んだかのようにピタリと止まった。通り雨とは、雲の移動に伴って降る雨であり、突然降ったわけではないとは理解できた。だから雲が見えなくても、そこだけ急に雨が降ったのではなく、たまたま通り雨が「通りかかった」のだと判断することもできた。けれども実感としては、まさにそこだけ降ったようだった。あたかも、私が出てくるのを見た雨の神様が、遊び心に空のスイッチをパチッと入れて「よっ、麻由、雨だぞ」と茶目っ気たっぷりに笑いかけてきたかに思えた。

その一瞬で、あたりは激しい夕立の後そっくりの「雨の匂い」に溢れ、私の髪も確かに濡れた。でも、そう思ったときには雨は止んでいた。滴の音もしなければ、雨を連れてきたはずの湿った空気でさえ、影も形もない。あたりには人気がない。してみると、この雨を知っているのは私一人。世界でたった一人ということになる。私と空との秘密ができたようで、妙に弾んだ気持ちになったものである。

　もっと小さいころ、雨の匂いのなかを歩いた記憶も鮮明にある。学校か稽古事の帰りに母と道を歩いていたら、夕立になった。傘を持ち合わせていなかったうえ、当時はいまのような手軽なビニール傘などあまり売っていなかった。そこで私たちは、近くの店に飛び込んで新聞を買い、それを頭に被って外へ出た。相変わらず土砂降りだ。私は白杖を右の小脇に抱えて両手で頭にのせた新聞紙を押さえ、左の腕を母の右腕にあてて大またで歩いた。いつもなら一人で歩く道だが、こんな土砂降りで杖も使えずに新聞紙で頭を覆われていては、方向感覚も何もあったものではない。私は必死で母に寄り添い、母も懸命に私を導いた。そんな最中に一陣の風が吹き、私の新聞紙が頭上に捲れあがった。

「どうしよう、新聞がお猪口になっちゃった」

　と言うと、母が爆笑した。

「傘のお猪口っていうけど、新聞紙のお猪口はよかったわね」

「よかった？」

「うん、とてもいい」

そう言いながら、母はお猪口の新聞紙を直してくれた。こうして私たちは、土砂降りのなかを大笑いしながら家に帰った。その日は、夕立と濡れた新聞紙の匂いが強烈な印象となって心に刻まれたのだった。

大人になってからも、小説『雪国』よろしく、トンネルを抜けたら雨だったり晴れだったりした経験をしたり、向こうの道から雨の壁が迫ってきたかと思ったらいきなり土砂降りに見まわれたり、いろいろな雨に出会った。オフィスで仕事をしていたら突然高層ビルのなかまで聞こえるゲリラ豪雨が都会を覆う滝となって都心を洗い、雷鳴がビルの街にこだまするのを聞いたこともある。こうして私は、特に雨を伴った夏の空の動きを香りから察知することに、いつのまにか強い関心を抱くようになっていた。そしていつかまた、今度は本当に通り雨が「来て、行く」ところを見届けてみたいと思っていた。

その「夢」が叶ったのは、ある年の八月末の夜半だった。遅く届いた郵便物を取りに玄関に出ると、雨の香りがした。雷は鳴っていなかったが、打ち水ではなく明らかに雨の匂いであった。立秋を過ぎると、雨の香りは真夏より少しだけ柔らかくなる気がする。埃っぽい感じが和らぐのだろうか。あるいは秋雨の片鱗が空に現れはじめていて、その香りが混ざってくるからだろうか。

いつもなら、ああ、雨になるかもと思いながら引っ込んでしまうのだが、このときは何か予感があったのか、家に入らずにポストの前でしばし佇んでいた。何となく、この匂いのあとに何がくるのか見届けたくなったのだ。

数十秒、あるいは一分くらいだったか、あたりはしんとして何も起こらなかった。雨の匂いは、強まるでなく消えるでなく、空気全体が止まっている。まるで時間が固まっているみたいだ。

と、二ブロックほど北の通りで、何やら騒がしい音がしはじめた。持続音ではあるのだが、にわかに正体は分からなかった。ざわめきのようでもあり、街道の信号が変わって車が発車したときの喧騒（けんそう）のようでもあった。

数秒後、その音がゆっくりゆっくり近づいてきていることに気がついた。人が歩くよりも緩やかな、耳で聞いていても進んでいるのかどうかはっきり分からないくらいの速度だが、確実に近づいてくるのだ。街道の信号が変わっただけなら、こんな近づき方はしない。大きな車でもくるのだろうか。それにしてはエンジン音がしない。いったい何の音だろう。

さらに数秒すると、その音がよりはっきり聞こえてきた。川の流れに似た音。大量の水が動く音。そしてそれが、こちらに向かってまっすぐ進んできていることが分かった。

その瞬間、いままでそこに溜まっていた雨の匂いが突然消えた。あれ？　と思ったとたん、あの音が間近にきていることに気づいた。そして今度は、それが車軸を流すような大雨の音だったことが、自分の耳で確かめられた。先ほどからある程度無意識に予感してはいたけれど、不思議なことに、謎の音がかなり近づいても雨の匂いと結びつかず、雨が「やってきている」という実感が湧かなかった。

しかし今度こそ、通り雨だ！　と認識した。直後、私は新聞紙がお猪口になった日と同じ激しい雨に全身を包まれていた。雨の匂いは、水を浴びた草木の放つ甘い香りに変わっていた。

通り雨がやってきて、いま私の上に降り注いでいる。空のスイッチが入ったのではなく、ずっと前から仕込まれて、行動を開始していた通り雨が私のところにやってきた。このことも、「空のスイッチ」のときと同じくらい嬉しかった。

この雨は、どのくらいで通りすぎるのだろう。私はポストの前で一人ずぶ濡れになりながら、降ってきた雨の行方も見届けることにした。雨の只中(ただなか)にいるときは、もちろんその雨が進んでいるかどうかは分からない。だが、先ほど聞いた速度で進んでいるのならば、ここを過ぎれば同じように遠ざかっていくところも聞けるだろう。私はどきどきしながら雨に降られていた。

しばらくして、雨脚が弱まり、音のない音を立てて雨がさっと止んだ。雨雲の端っこになったのだ。私は息を止めて耳を澄ませ、雨の行方を聴いた。

驚いたことに、雨の音は聞こえなくなっていた。雲が終わったのなら、あのザアザアが遠ざかる音も聞こえるはずである。だがそれが聞こえない。雨は、私の上で底を突いて止んでしまったのだろうか。あたりは、雨後の埃と水を吸って息づいた草木の匂いに満ちていた。

髪から滴を垂らしながらお聴き入ったが、雨音はすでに消えていた。雲の形にもよるのだろうが、この雨では、メインの土砂降りの後ろに薄い雲の尾を引いていて、下で雨が止んだころには土砂降りは聞こえないほうまで行ってしまったのだろう。雨の匂いを先触れに近づいてくるときの鳴り物入りの様子を思うと、そうとしか考えられなかった。こうして私の夢は「通り雨にちゃんと出会うこと」から「通り雨が来たときのように遠ざかるところを聞き届けること」になった。近づいてくる雨に遭えたのだから、空の香りに敏感でいれば、きっと遠ざかる雨も見届けられると信じている。

高村智恵子は「東京には空がない」と言った。いま、東京には空気さえなくなっている気がする。湾岸のビル群が風を止め、自動車の排気ガスが滞留している。特にどこかへ出かけた帰り、県境を越えて都内に入ると、空気が止まっていることが恐ろしいくらいはっきり感じられる。

それでも「天の息吹」は存在すると私は思う。銀座の街並みを歩いていても、赤坂の高層ビルの足元を歩いていても、空は里山にいるときと同じように地上まで香りを届けてくれる。夏の雨も秋の金木犀も、特にビルを抜けて届けられる香りは、空からの風の助けがなければ私たちのところまでやってくることはできないだろう。そう思うと、私は、地球が、空が、文明の拡大に辟易（へきえき）しながらも、まだまだ私たちを見捨てずにメッセージを送ってくれているのだと確信し、感謝せずにはいられなくなるのである。

住む場所や時代の移ろいとともに、雨の匂いを含めて夏の空の香りも変わっている。だがその根底には、ずっと変わらない香りもしっかり残っている。私は、香りの移ろいを通して時間の流れを味わうとともに、変わらない香りのなかに込められた「天の息吹」をもとらえつづけたいと思っている。

秋

秋を聴く　驚きの音さまざま

季節の始まりは、その前の季節の終わりにすでに訪れている。先触れは季節によって異なる。春なら空気の感触、夏なら湿度、冬なら香り、そして秋は、音である。

藤原敏行（ふじわらのとしゆき）の和歌に、

秋来ぬと目にはさやかに見えねども
風の音にぞおどろかれぬる
古今和歌集巻第四

とある。これはまさに、立秋のころの微妙な風の変化を詠（うた）ったものである。周知の通り、ここでいう「おどろく」とは「ああ、びっくりした」という驚きではなく、古典でよく用いられるはっと目を覚ますような感覚のことである。和歌なので「目にははっきり見えないけれど風の音で分かる」と説明しているが、俳句なら一言「秋立つ」で終わってしまう感覚だ。それでは身も蓋もないと言われそうだが、どちらの方法で表現するにせよ、秋は姿より音が一足先にやってくるというのは俳句にも和歌にも共通した感じ方のようである。

八月の声を聞くと、日の入りが早まっていることをにわかに実感し、どことなくさみしい気持ちが訪れる。暑気は粘りつくような残暑へと変わり、草木に露が宿り、沼沢の水音が大きく聞こえはじめる。そうしたことがすべて、立秋とほぼ期を同じゅうしていっせいに起こるのである。

カネタタキ長鳴くときはゆっくりと　　麻由子

そんなころ、それまで暑さのためにややたるみがちだった街の音は、生気を取り戻しはじめる。街路樹の枝を揺すって吹き抜ける夕方の風がほんの少しだけ強くなり、木の葉の音がザワザワと忙しなくなってくる。夜半に遠くから響く電車の音が心なしか立ってくる。セミの声の主流がアブラゼミやミンミンゼミからヒグラシやツクツクボウシに代わり、電車に乗る瞬間に足下の線路でその秋の「第一コオロギ」がひそかに鳴いているのに気がつく。私はこれを「線路コオロギ」と呼んでいる。種類はオカメコオロギあたりだろうが、なぜか「第一コオロギ」はたいてい線路で聞こえる。それに気づいた数日後、花壇の隅っこで鳴く「第二コオロギ、第三コオロギ」に気がつくのである。

立秋とともに三々五々現れた「最初の秋の音」は、週毎、月毎に変わりながらどんどん豊かになっていく。月が進むと、いつの間にかセミの歌が終了し、コオロギの種類もオカメのほかにツヅレサセ、ミツカドなどと増えてくる。その合間に、まるで時を刻むかのようなカネタタキの声が、チッチッチッチッと始まっている。ヒヨドリの声はいよいよ切なくなり、ムクドリの群れが街路樹で小学校の遠足のような騒ぎを繰り広げ、神社の境内ではカケスが木の実をカリカリ落としながらついばんでいる。こうして、風、虫、鳥、木の葉、そして野に聞こえる数多（あまた）の音が、静かな秋の時を刻んでいくのである。

ところで、私は秋に、植物が立てるいくつかの音に驚いたことがある。こちらは現代語で文字通り驚いたほうの意味である。

植物はしゃべらないので、子供のころは風に吹かれて揺れるときぐらいにしか音を出さないものだと思っていた。一人で山や森に入るとか、里山から村道を帰ってくるといった経験がなかったからだ。その思い込みに気づいたきっかけは、小学校低学年のころに聴いた歌であった。

静かな静かな里の秋
お背戸に木の実の落ちる夜は……

麻疹（はしか）だったかおたふく風邪だったか、そんな病気の治り際、隣家の女の子が見舞いにきて、この歌を歌って聞かせてくれた。彼女は私より四つほど年上だった。私立の有名校の小学部に通っていて、私たち悪童は優しいお姉さんとして一目も二目もおいていた。その憧れの「お姉さん」がわざわざ見舞いにきてくれたうえ、私だけのために歌を歌ってくれたのである。この歌は、普段レコードで何度となく聴き、音楽の授業でも習っていた。だが、半分安静状態で退屈し切っているときに憧れの人物が歌ってくれた歌は、ことさら心に残ったのだろう。

さて、ここで気になったのが「木の実の落ちる」という一節だ。秋になると、花が実になって植物から落ちることは理科で習っていたし、経験でも知っていた。
盲学校の裏庭に大きないちょうの木があり、秋の文化祭シーズンには大量の銀杏（ぎんなん）がバラバラと降ってくる。私たちは、よくそれを拾いにいった。そのとき、すぐ傍にティシャッと銀杏が落ちてくる音をよく聞いた。柔らかな外部が土の地面にぶつかる音は、重たく湿っていて、気持ちが悪かった。ためしに拾った銀杏を力を込めて地面に叩きつけてみたが、樹上から降ってくるのと同じ音にはならなかった。そのため、銀杏はよほど高いところから落ちてきているのだろうと思ったものである。

しかし、あの歌の木の実は明らかに銀杏ではない。おそらくどんぐりや松ぼっくりの類だろう。それらが落ちる音のすごさを、当時の私はまだ知らなかった。小さなどんぐりは、落ちても小さな音しか立てないものと思っていた。そこで、背戸（家の裏手）に木の実が落ちるような「小さな」音が、家の中で栗を食べながら囲炉裏に当たっている歌の主人公の耳に届くとは、いったいどういうことなのだろうかと、いぶかしかったのである。母に尋ねてみると、秋は静かなので木の実の落ちる音もよく聞こえるのだという説明だった。正しい。秋の静けさを歌ったあの歌の意図にも合っている。大人になってからも、頭上のこずえでカケスが愛らしい音でついばんだ木の実が、ハラハラと降ってくる音ばかり聞いているうちは、木の実降るとはなんと穏やかでかわいらしい音なのだろうと思っていた。

それが、実際に大量の木の実の落ちる音を聞き、無粋な話だが木の実に当たってたんこぶのひとつも作るのではないかと本気で危険を感じる経験をしてみて、「木の実降る」という言葉に対する認識が、ガラガラと改まった。まず俳句の季語として、木の実降るというイメージを、静か一辺倒から迫力の一場面を加えた躍動的なイメージに差し替えた。あの歌のなかで聞こえている木の実の落下音についても、本当に秋の静けさに合致した素朴な音だったのだろうかと、新しい気持ちで考え直しはじめた。そんな折から、この新たな認識を身を以て確認する機会が訪れたのである。

その日私は、傷病鳥を治療・リハビリして自然界にかえす非営利団体（NPO）の放鳥会につれていってもらった。秋は山の小鳥が里に下りてくるので、放した鳥たちはその群れに合流して自然に力を養いやすいという。

電車や車を乗り継いで東京郊外のリハビリケージに着くと、山が妙に騒がしかった。やや強めの風がさわやかに野山を吹き渡り、木々が機嫌よく揺れている。最初はその音が集まって喧騒になっているのだと思っていた。だがその騒ぎは、木々の揺れる音だけでは説明がつかなかった。ケージを見にきたヒヨドリやメジロの声だろうか。ハイキングを楽しむ人々の足音だろうか。あるいはもう少し遠くにいるヒヨドリ、カケス、ムクドリ、シジュウカラの仲間など、小鳥のさざめく声だろうか。妙な喧騒は、どれとも違っていた。

「どんぐりが落ちてくるから、気をつけてね」

NPOのトップを務める友人が言った。どんぐり？？

「そうなんだ。ときどき車の屋根がへこんじゃったりして、けっこうすごいんだよ」

彼が言うそばから、ケージの庇(ひさし)にしてある波板に、バシッ、ガシッ、カシッと大小取り混ぜたどんぐりが落ちてきた。大きさ、高さ、成熟度による硬さなどによって、落ちてくる音は一つ一つ違っている。メロディーのないマリンバのようでもあり、小さな生き物がつぎつぎと波板に飛び降りて遊んでいるようでもあった。気になっていた妙な喧騒は、このたくさんの木の実の落下音なのであった。

そこへ、一陣の風が起こった。広葉樹や針葉樹の葉が揺れる幾種類もの葉の音が山中にあふれたかと思うと、私たちのまわりで、バラバラバラ、ドタドタ、ガシガシ、カキーンと大変な音が起こった。どんぐりや松ぼっくりが降り注ぎ、波板、ケージの屋根、ポール、車などあらゆるものに当たったのだ。どたばた喜劇の落ちみたいである。音としては面白いが、実際には想像以上の迫力である。

「風が吹いたら頭押さえたほうがいいよ」

木の実が落ちるといえばかわいらしいが、本当は冗談でなく危ない、ということが分かってきた。時折、南の国で落ちてきた椰子の実に当たって怪我人(けがにん)が出ると聞くが、どんぐりでさえこの有様なのだから、さもありなんである。私たちも痛いが、あの勢いで落ちてくる木の実たちのほうは痛くないのだろうか。

里山は木の実時雨（しぐれ）の音ばかり　麻由子

快復したフワフワの小鳥たちを両手で受け取って、少し温めてから空中へと飛び立たせる作業をやらせてもらいながら、私は、こんな木の実雨のなかに飛び出していって怪我などしないように気をつけてね、と一羽一羽に言い聞かせたのだった。

木の実とともに驚かされた秋の植物の音は、草の実と種が立てるさまざまな小さな音だった。種に行動力があることは一応知っていた。松笠や楓（かえで）のトンボは種を飛ばすし、山火事の上昇気流を利用して種を飛ばす木もある。植物の種は、時には自分を運んでくれている小鳥たち顔負けの行動力を発揮するのである。けれども、種自身があれほどの音を出すとは、思いもしなかった。

埼玉県の里山にある谷戸で、私は種たちの出す驚くべき小さな音を聞いた。夕刻、そろそろ探鳥の時間も終わりというころ、私は塒（ねぐら）に騒ぐ鳥たちの声に後ろ髪を引かれつつ、観察仲間たちと谷戸から村道へ登る道を歩きはじめた。そのときである。

ハチハチ　パッパッ　ピチピチピチ　プップッ

左の原っぱから怪しい音がしているのに気がついた。地面一面から聞こえている。焚き火のようでもあるが、焚き火ほどはっきりした音ではない。音自体も極小さい。煙が立っているわけでもなく、水が落ちている気配もない。ただ原っぱいっぱいに、パチパチ、パチパチと無数の音が鳴りつづけているのだ。目にはさやかに見えねども、どこかで野焼きをするらむか、と思い、私は何の音だろうと仲間に尋ねた。皆「そんな音する？」という風情だったが、私にせがまれて原っぱに入ると、つぎつぎに音がしていると気づいていった。

「これは大変だ。もし山火事にでもなったらいけないから、火の元を見つけよう」

「でも、ないよ、煙もなんにも」

皆は原っぱの隅々まで点検しながら情報を交換しあっている。そのうちに、一人が叫んだ。

「分かった！　草の実だ！　ここにある草の実が、全部弾けてる音なんじゃないかな？」

よく見ると、細かな草の実が、つぎつぎと弾けているという。本当に、まるで火の粉が思い思いに弾けるように、無数の種類の草の実が弾け、中身を飛ばしているのだった。草の実が、種を世に送り出す音。

できることなら手で触れてその様子を確かめてみたかったが、どこで弾けるか分からない。残念ながら、音の正体に触れることはできそうもなかった。しかし、その音はたしかに聞こえていた。私のすぐ足元で、尽きることのない命の出発音が、文字通り弾けていた。触れることこそできなかったが、無数の草の実の存在は、音によって私にもたしかに分かった。

そのときそこにいたのは、私たちだけだった。もし私が気づかなければ、その場所は人も通らぬまま夜になり、草の実たちの「弾けの祭典」は終わっていったことだろう。この音を聞いたのは、私たちのほかには野原の神様と飛び出した種たちだけだったのだ。そう思うと、誰も聞いてはいけない内緒の音を聞かせてもらったようで、心から嬉しくなった。草の実たちは、誰が見ていなくても、聞いていなくても、この音を発しながら正しく弾け、種たちは正しく飛び出し、子孫を繁栄させている。誰に褒めてもらわなくても、誰に感動してもらわなくても、自然の摂理に従って静かに弾けていく。それが彼らの役目だからである。私はその粛々とした音の上に立ち尽くしたまま、彼らの呼吸を、言葉を、命の音を聞かせてもらった喜びに、いつまでも浸っていたのであった。

なにやらの聞こえて秋の野を去れず　麻由子

その後、こんな話を聞いた。農家でエンドウマメを莢(さや)ごと筵(むしろ)に並べて天日干しにしていると、何日かして莢が弾けはじめ、つぎつぎと豆が飛び出すというのである。それこそ何千粒という豆がパチパチと飛び出していくのだから、その小気味良さは圧巻なのだそうだ。小さな草の実が弾ける音でも私たちの足を止めたぐらいだから、立派なエンドウマメの弾ける音はどんなにか見事なことだろう。藤の実の莢が弾けるときは、びっくりするような破裂音がするとも聞いた。これらの音も、いつかぜひ聞いてみたい。

実が弾けると聞くと、ホウセンカやカタバミを思い出しがちだが、野原ではあらゆる草の種が鮮やかな音を立てて弾け出しているのだ。出会う機会が比較的多いホウセンカの実の弾ける音も、間近で聞いたことはまだない。カタバミの実が弾けて、手に熱くない火がついたように感じるあの面白さも、数えるほどしか経験できていない。もしかしたら音があるかもしれないが、まだ確かめられていない。秋の野に出れば、まだまだ聞きたい音、触れたいものがいっぱいなのである。

草の実の爆(は)ぜる音良き日和かな　麻由子

秋の匂い　大きな香り、小さな香り

秋に匂う植物の香りには、大きな香りと小さな香りがあると思う。大きな香りの定番は、やはり金木犀だろう。

街中でも、山野の紅葉や黄葉の、乾いた木と草の匂いを混ぜたような香りが風に乗ってふっと下りてくることがある。万葉集巻十に「黄葉(もみじば)の匂ひは繁し」と詠われてもいるが、その香りを嗅ぐと、私は街場からも、山や野原の季節が街より少しだけ早く進み、すでに秋が全開で加速しているのを感じる。

夏の草いきれや春の風にそこはかとなく含まれる芽生えや開花の香りと違い、秋の風に含まれる植物の香りは、一つ一つが鮮やかに立っている。夏の青葉から秋の紅葉に変わる間、深緑の香りがだんだん枯れ色の混ざった茶色い匂いに変わり、紅葉からはことさらに甘く乾いた木の匂いと葉の匂いがブレンドされてただよってくる。北海道の農場では、ゴロゴロと転がっている干草ロールやまだ刈り取られていない牧草から、草が最後の息吹を発しながら乾いていくときの、あの芳しい香りが匂い立っている。また別の川辺では数多の草の花が可憐に開き、彼らのおしゃべりまで聞こえそうな淡い香りを放っている。菊の花など、身近にある小さな香りは、邪気を払って心の芯まで清らかに整えてくれる。

街を包む大きな香りのベールを作る金木犀は、いまや日本の秋の香りを代表する植物となったが、あるとき、その代表選手が実は大変はかない存在であることを知った。

金木犀は中国の桂林（けいりん）地方原産で、諸説あるが、江戸時代に渡来した。桂林の桂は木犀のことで、当地にたくさんあったためこの名が付いたとも言われている。樹皮の模様が犀（さい）の皮膚の柄に似ているために、木犀の字が当てられたという。英名はフレグランス・オリーブ。同じ木犀科のオリーブの名がついている。

雌雄異株で、わが国には雄株が多いという。一説には、雄株だけが持ち帰られたためにわが国ではいまだに結実はせず、したがって種ができないと聞いた。ではどうやって増やすかというと、主には挿し木である。この説から、現在日本にある金木犀はすべて当時持ち帰られた木のクローンだという説も耳にした。曰（いわ）く、十月のある十日ほどの期間に全国で一斉に開花し、人家のある地域はほぼどの場所もこの甘く爽快な香りに包まれるのは、この木がすべてクローンで、ぴったり同じ時期に咲くからなのだとか。

桜の場合、ソメイヨシノはやはり一本の木のクローンで、枯れるときには一斉に枯れるので植樹を怠れないと聞いたことがある。どちらの真偽も確かめるに至っていない。桜は天候の地域差によって「桜前線」が見られるのに対し、金木犀についてそうした前線の話を聞いた記憶がない。実際には似たような現象が起きてはいるのだろうが、もし桜のようにはっきり分かるのなら「木犀前線」「香り前線」あるいは中国風に「桂香前線」などという名前ができていても不思議はないだろう。

金木犀がクローンかどうかの真偽はともかく、この愛すべき植物もいまでこそ絶滅の心配はまったくないかに思えるけれど、たった一本あるいは数本の木、もしくは数粒の種のクローンだとすれば、ずっと楽しみつづけるには桜同様挿し木を怠れないわけである。春に私たちの目を楽しませる桜と、秋に私たちの鼻を喜ばせる金木犀が、ともにクローン植物という説がささやかれるのは、何とも不思議な縁ではあるまいか。

目を楽しませるといえば、春には色鮮やかな花が多く、秋には香り高い花が私の注意を引く。春には明るい陽光が日に日に増して植物たちを照らし、照らされた植物たちも陽光さながらに明るい色の花をつける。そして啓蟄(けいちつ)を境に命を燃やしはじめた虫たちを、その色によって呼び寄せるのである。

しかし、植物が枯れていく季節の印象の強い秋にも、春ほどではないがたくさんの花が開いている。俳句の季語では「草の花」「千種（ちぐさ）の花」など、野に咲く花を題材にしたものがいくつかある。なかでも、金木犀や菊といった香り高い花々は、日本では秋が旬ではないかと思う。

この「旬」に咲く香り花の一つに、葛の花がある。野に逞（たくま）しく繁茂する葛の葉の隙間から、紫紅色の穂状の花を立てる。香りは毒々しくこそないが、葉のすさまじさに見合うだけの強さをもっている。けれども妖しい香りではなく、優雅でさえある。

ある友人が、奈良から直接取り寄せた吉野葛一〇〇パーセントの葛餅があるから食べにおいでと、お宅に招いてくれた。葛餅とは、葛の根の澱粉（でんぷん）から作るものだが、いまは葛自体あまりないため、純粋な葛の根の葛餅は少ないそうである。わけても、葛の名所である吉野の葛は、名産中の名産。粉料理の好きな私は喜んで彼の家を訪ねた。一口食べればすぐに分かる、控えめながら優雅な香り。振舞ってくれた友人の心遣いとともに、忘れられない野の香りの一つとなった。

葛といえばもう一つ、鎌倉の料理店で「水仙」という葛料理をいただいたことがある。葛切りに抹茶や梅の味を付け、水仙の花の形に見立ててクルクルと巻いたもので、葉唐辛子が添えられていた。葛切りの冷たくしっかりした口当たりが、水仙の形に巻かれたことによって緩和され、ゼリーにも似た繊細な質感に変わる。葛と抹茶、梅などの淡い香りがほどよく溶け合い、また別の香りを醸（かも）し出している。そこに葉唐辛子のピリリとした香りが入ると、甘みの濃い印象が強い葛切りの姿が、香り高い日本のゼリーに変貌するのである。

葛料理は、涼味ある風情から夏らしいものとして供されることが多いが、俳句で葛は秋の季題である。古歌から詠まれている和の題材なだけに、俳句暦数年のころ、葛では苦い思いをした。

ＮＨＫ教育テレビで放送している「ＮＨＫ俳壇」に、ゲストとして出演することになった。当時ＮＨＫ俳壇のテキストに俳句エッセイを連載していたことがご縁だったのだが、迎えてくださるのが高浜虚子（たかはまきょし）の血縁に当たる今井千鶴子（いまいちづこ）先生と聞いて、びっくり仰天してしまった。私の師匠の大木（おおき）さつき先生は、俳誌「浮巣」の主宰で結社「ホトトギス」の同人でもあるため、私も基本的には「ホトトギス」の作句教育を受けてはいた。しかし、作句歴二十年でようやく新人と呼ばれるかどうかというこの世界で、たかだか数年、大木主宰の温かな見守りのなかで遊んだり休んだりしながらのんびり嗜(たしな)んでいた私には、テレビ出演で俳句を語るなど、とんでもなく畏れ多い話だった。

そして、一つ重大な問題があった。ゲストも兼題の俳句を一つ披露しなければならないのだ。しかも、その兼題が私にはなじみの薄い「葛」だったのである。

当時は家族でよく探鳥に出かけており、旅先で葛に出会うことはよくあったが、その程度の観察で俳句は作れない。さんざん苦労して搾り出した句を、やっとの思いで提出し、ゲストとしての義務をどうにか果たした、と思った。

一応安心して収録に入ったのだが、おぼえていることといえば、私が評した投句のなかの一句のみである。手を洗って原爆忌に臨むという内容の句だった。おりしも中東・アジア情勢が不穏となり、アフガニスタンでは日々戦火のなかで命が奪われていた。私は通信社でそんな情勢を日々翻訳しているので、戦争はけっして終わった悲劇ではなく、現在進行中の恐ろしい現象だと思うと話した。この考えはいまも変わっていないわけだが、あの俳句はその気持ちを新たにしてくれる強烈な一句だった。自分の句はともかく、私はあの番組で俳句を通じて平和を語れただけで、満足であった。

こうして和やかに収録が終わり、ほっと胸をなでおろしたとき、今井先生がぽつりと言われたのである。

「あなたのあの葛の句、とても良かったけれど、葛の香りを題材になさったほうがよろしかったわね。葛って、とてもいい香りがするでしょう？」

この一言により、葛の問題は番組のあとも長く尾を引いた。せっかく今井先生直々にご助言をいただいたので葛の花の香りで一句作れないかと思案してみたが、うまくいかないのである。どこかで嗅いだ記憶はあるのに、香りが思い出せない。花の香りであることを手がかりに何となく雰囲気の見当はつくのだが、そんな漠然とした記憶では句にならない。これはぜひとも、どこかで葛の花の香りを嗅がねばなるまい。

されど、葛の花は簡単に見つからないのである。花期が短いうえ、葉が生い茂っていて遠目には花が見つけにくいためだ。俳句にも、葉の割りには花が突出して見えているという句もなくはないが、正岡子規（まさおかしき）の句「葛の葉の吹きしづまりて葛の花」や、平野貞子の「葛原の風の無ければ花見えず」など、多くは花が見えにくい様子を詠んでいる。私はその年の秋から、両親と探鳥に出かけるたびに葛の野を見つけるたびに、できるだけ車を止めて花を探してほしいと頼んだ。葛の花酣（たけなわ）の季節なのに、花はなかなか見つからなかった。

何度空振りしたことか。けれども、とうとう見つけた。場所を示す看板もなく、正確な地点も特定できないような国道の脇の土手。当時よく行っていたところだったので、おそらく長野や群馬のどこかではなかったろうか。土手の側面一面に、上から溢れた葛が枝垂れて這い回り、穂状の花をたわわに咲かせていたのだった。この機会を逃したら、来年まで待たなければならない。いや、来年どころか再来年、あるいはその次の年にもこんなにたくさんの花葛には巡り合えないかもしれない。私は父に無理を言って一瞬路肩に車を止めてもらい、時速一〇〇キロ近くでビュンビュン飛ばしていく車のエンジン音をそびらに聞きながら、土手に向かって佇った。

国道とはいえ、自然豊かな地方を走る道路は、都会と違って比較的空気が良い。それどころか、土手の上から吹いてくる風には山の瑞々しい紅葉の香りがたっぷりと含まれている。どの風も、間近に密生する千草の花の青い香りや赤い香りを走馬灯のように揺らめかせながら運んでくる。秋の楽しみの一つは、それらの風に折り込まれた香りを嗅ぎ分け、季節の進度を呼吸することである。空を流れる雲も、この風に吹かれて草や花の匂いを吸っているのだろうか。私は、道路と反対側から山の風が吹いてくるのを待って、深く呼吸した。

そして分かった。風に折り込まれた無数の草や花の匂いのうちで、最も強く、最も甘く、そして最も近くから香っている花の匂いが。

「一つ見つけると、一面に咲いているのね。手を伸ばしてごらんなさい」

母の言葉に我に返り、私はバリバリと生い茂る葛の堅い葉の隙間にツンツンと現れている花の穂を探し当てた。柔らかい穂先に、指ではにわかに区別し難い小花が無数に咲いている。その穂をそっと抓み、顔を近づけた。間違いなかった。風に折り込まれた花の香のなかでひときわ光っている匂い。それが、真葛の花の匂いであった。甘さを含んだ、やや強い、マメ科特有の香り。ほのかではあるが、長く嗅いでいると酔ってしまいそうな妖しげな香り。葛に絡まれた樹木や草は、この花の匂いに酔わされて抵抗できなくなってしまうのだろうか。まさかそうでもなかろうが、葛の花の香は、まるで私の度肝を抜いた今井先生の一言のように、さりげなく、しかし鮮烈にあたりの空気を浄化していた。

秋の季題のなかで私が最も好むのは「秋澄む」である。句に詠むのは大変難しいが、この季節の空気を見事に言い当てている季語である。夏に走りつづけた草木の命が、大地から休息の許可を受けて一息ついている。その清々しい休息の息吹に癒された秋の空気は、夏の熱気と湿度から解放され、安心したかのように澄んでいく。文明の排気に侵されずに安心している空気とは、本来このように澄み、匂い高く、清々しいのだろう。「秋澄む」には、風に折り込まれたすべての香りが言い込まれているのだ。秋はこうして、暑さとの闘いを終えたすべての命が本来の落ち着きを取り戻し、空気を香り高く澄ませていく季節なのである。

花葛の匂ふ日和や入会地　　麻由子

秋を食べる　ちぎれ蕎麦打ち

秋の武蔵野、その朝、私たち家族は、ずっとやってみたかった蕎麦打ちをするために、車で二時間ほど走って峠を越え、奥多摩のある村に入っていった。そこには、蕎麦打ち体験をさせてくれる工房があるのである。

私と蕎麦の縁は、ただ好きというだけにとどまらない。病弱で小学校低学年時代はほとんどの食べ物をまともに受け付けなかった私は、蕎麦に育ててもらったようなものなのである。蕎麦だけは、体調不良のときでもなんとか食べられたからだ。

そんなわけで、まだ箸の使い方もおぼつかないうちから笊に盛られた蕎麦を適量持ち上げて、左手で蕎麦猪口を支えて麺の先からそっと入れるという、当時の私にしてはかなりの難事業もマスターしていた。蕎麦屋に入れば「ここは蕎麦湯はもらえるの？」と確認してから注文を決めたり、蕎麦湯を注ぐ前に少しだけ蕎麦の欠片を残しておいて、一杯目の蕎麦湯はちょっぴり蕎麦がき風に楽しんだりして、小学校に上がることろには「麻由子流蕎麦の食べ方」を確立していた。一口目は海苔をかけずに蕎麦の味だけを楽しみ、次に薬味と海苔を入れるという「分散賞味」のテクニックも身につけていた。

食欲はないのに好奇心はあったようで、蕎麦は何本ずつ食べたら美味しいのだろうと、一本ずつゆっくり食べてみたこともあった。次に三本ずつ食べてみたら、一本ずつよりは美味しかったが、結局普通にツルツルッと頬張るのが一番美味しいという結論に達した。何のことはない、研究の成果はまったくなかったのだった。

大人になると味覚が変わるといわれるが、私の蕎麦好きは当時から変わっていない。むしろ知識が増えた分、蕎麦への思いは深まっている。岩手県の椀子（わんこ）蕎麦、北海道の茶蕎麦、沖縄のソーキ蕎麦、新潟県十日町のへぎ蕎麦、ダッタン蕎麦に浅草の名物蕎麦と、有名所はとりあえず試してみている。蕎麦に限っては、美味しさに関しては限りなく上があるが、一定レベル以上の料理法を実践しているお店なら、それなりに美味しい蕎麦が楽しめると思う。特に旅先では、ほとんど間違いがない。これは、蕎麦の良いところである。

こんな背景から、私は美味しい蕎麦がどんなふうにできるのかをこの手で体験してみたいと思うようになった。その矢先に見つけたのが、この山村の工房であった。
蕎麦打ちの講習をしてくださった先生は、蕎麦の魅力に取り付かれて脱サラし、蕎麦打ちの学校を出てこの職に就いたという五十代の男性だった。少し高めのかすれた声で、静かに説明を始められた。見事な手さばきで、この道何十年といっても遜色なさそうだった。

蕎麦打ちに必要な道具は、蕎麦をこねるためのこね鉢、生地を伸ばすための伸（の）し板と伸し棒、蕎麦を切るために定規として使う駒板と特殊な包丁、それに粉や水を量るデジタル秤（はかり）である。講習では五〇〇グラムの二八蕎麦を作る。要るのは蕎麦粉四〇〇グラムにつなぎの小麦粉一〇〇グラム、粉の重さの四三パーセントに相当する水（二一五グラム）である。

先生はまず、計りにのせた小さなボウルに小麦粉を入れるよう粉袋を渡してくださった。そっと傾けると、冷たいフワフワの粉がサワサワと落ちてきた。九七グラムでストップがかかり、その先は先生がシュッと粉を入れる。すると表示が、魔法にかかったように一〇〇グラムでぴたりと止まった。

同じボウルに、上から蕎麦粉を量り入れる。上から入れることで、最後に蕎麦粉が多すぎたとき、上の山を少し削れば蕎麦粉だけを取り除くことができるという。

蕎麦粉の芳しい香りがボウルの上に広がる。粉は小麦粉より肌理細やかで、小麦粉より少し冷たいように思えた。先生が最後の仕上げをバッチリ決めてくださり、粉の計量は無事終了した。

次は、二層に分かれたままの粉を篩(ふるい)に入れ、こね鉢に篩い落とす。ケーキ用のものは柄についたばね仕掛けで中の篩を動かすが、蕎麦の篩は、片手で本体を持ち、反対の手で側面を軽く叩く。少しずつ篩を回しながら叩いていくと、下から滑らかに篩われた粉が涼しげなシャワーとなってサラサラと出てくる。童心にかえって砂遊びをしている気分になってきた。面白がってタンタン叩いていたら「もうおしまいですよ」と先生に言われてはっとした。

よく手打ち蕎麦店の入り口に揚げ玉を入れておいてあるような大きなこね鉢に、五〇〇グラムの蕎麦の元が小さな山を作った。気泡のように肌理細やかでヒンヤリした粉が、打ち立ての布団綿のように気持ちよい。

今度は粉混ぜ。粉を飛ばさないよう十本の指を立てて粉のなかに入れ、右手は右回り、左手は左回りに静かに静かに動かす。すると、二つの手触りはだんだんと一つの艶やかな手触りにまとまっていき、粉の温度が手になじんできたころには、すっかりひとつの「粉山」になっていた。

　蕎麦粉は、更科粉や一番粉、二番粉など、蕎麦の実のどこを抽出するかで名前や用途が変わるという。食べるための蕎麦粉として使うのは実の中心部を碾いた粉、鉢や板に生地がくっつかないように篩う打ち粉は、実の外側のほうを使うのだとか。実際に触れてみると、打ち粉と蕎麦粉の肌理も微妙に違い、実の違う部分を使っているのだと納得できた。

　粉を綺麗に均したら、真ん中に池を作って水を入れる。水に触れないよう周りから内回りに粉を混ぜていき、鶉の卵ぐらいの球がたくさんできるまでゆっくり粉を動かす。パウンドケーキ生地のようにサックリ混ぜてから、球の大きさが揃うようにパサパサした部分を均していくのだ。この時点では、まだこねてはいけない。いきなり一つの生地にまとめようとすると球ではなく「だま」がたくさんできてしまうのだそうだ。

　滑らかだった粉は、ある時点でちょっと手触りの悪い生地になり、それから両手の中でころころと小さな球にまとまりだした。まるで粉が生きていて、互いに仲良しになっていくようである。

「やあ、君は長野からきた蕎麦粉さんだね」

「君は北海道の小麦粉さんだね」

「お互い、仲良くしようじゃないか」

そうして気の合った粉同士が手をつなぎ、球1、球2、球3とつぎつぎにまとまっていく。手のなかで粉が触れ合い、鉢に落ちる球がコロコロと愛らしい音を立てるのが、粉のおしゃべりみたいで微笑ましい。

小さな球が粒ぞろいになったところでそれらを鶏卵ぐらいにまとめ、ついに一つの大きなボール形に固める。このときには、生地は陶磁器の粘土のように滑らかに、しっかりした固まりになっている。これを何通りかの練り方で練っていき、最後は菊練りで低めの円錐を作る。そしていよいよ、伸し棒の登場である。

蕎麦生地を薄い生地に仕上げるまでにこれほど多くの段階を経なければならないとは。

さらに生地ができてからも、また何段階もの過程を経てようやく伸し板いっぱいの生地になるのだ。ざっくり書くと、円錐の生地を一度ボール型にし、真ん中に皺を集めて片方から押して皺入りラッキョウのような形を作り、丸く練り直して皺を消し、ようやく伸し棒で伸す段階になる。

それもいきなり平らに伸ばすのではなく、時計の十二—一時あたりに向かって中心からゆっくり力を加えながら生地を回し、同じやり方で別の場所を均す。生地がある程度の薄さになるまでこれを繰り返し、やっと伸し棒を前後にまっすぐ動かせるようになるのである。

このころには、生地は打ち粉をまぶした敷物のような手触りになっている。それをさらに均等に、四角く、薄く伸ばしていく。

人々の手を潜り抜いた伸し棒の表面は、ツヤツヤと滑らかである。木製なのに指に棘が刺さりそうな雰囲気がまったくない。両手で水平に伸し棒を転がしていく原理も、また見事である。

棒を前に動かしたいときは、両手で押すのではなく、まず両手を開いて棒にのせ、前に向かって転がしながら手の間隔を狭めていく。すると押さずとも自然に棒がまっすぐ前進してくれるのだ。手前に引き寄せるときは、両手をハの字に開いていくだけでよい。下手に力を加えると生地が均等にならないので、両手の開閉を根気良く繰り返すことで生地を平らにしていくのである。なんだか、気功でもやっているかのようだ。

単調な動作を繰り返しているうちに、だんだん心が落ち着いてきた。秋の里山の風が窓から吹き込んでくる。階下の蕎麦店で蕎麦の味や民芸品の買い物を楽しむ家族づれの嬉しげなさざめきが漏れ聞こえてくる。

やがて生地は数ミリの薄さになったが、破れもせず簡単に持ち上げられた。あの粉の一山が、たくさんの練りや均しを経て、いまやこんなに広い薄生地になっている。そしてこれが、やがて細く切られて蕎麦になるのだ。二時間と少しの間に。

蕎麦は昔、蕎麦切りと呼ばれていた。蕎麦粉を団子にして汁に浮かべた蕎麦がき、細く小さな蕎麦を海苔で巻いた蕎麦寿司など、当時蕎麦の使い方はさまざまだった。細く切った蕎麦は、ほかの品と区別して蕎麦切りと呼ばれていたという。それが江戸時代に屋台のファストフードとして普及し、単に蕎麦と呼ばれるようになった。いまでも生蕎麦と呼ぶ地方もあるようで、岩手で椀子蕎麦を食べたときには、「キソバ」という言葉を何度か耳にした。いまこうしている間にも、あの椀子蕎麦のお姉さんたちが「はい、はい」と蕎麦を放っているのかと思うと、急に蕎麦が食べたくなってくる。はたして、我らの蕎麦は美味しくできるのだろうか。

「さあ、それでは切りましょう」

えっ？　こんな大きな生地をどうやって切るのだろう。すると先生は、生地を棒に巻いてから、ほどいて折りたたむ方法を教えてくださった。薄い生地を破りはしないかと気が気ではない。しかし、打ち粉でサラサラになった生地は畳まれてもしなやかに丸まり、まったく破れなかった。口中でシコシコと噛まれてとろけていく蕎麦しか知らなかった私は、生地がこれほどしなやかで強いことに、心底感服した。

駒板を不器用に動かしながら、重たい包丁をようやっと操り、包丁の「重さ」で蕎麦を切る。先生の四倍ぐらいの時間をかけてやっと切った蕎麦は、蕎麦というより縮れ麺のようである。打ち粉を払ってトレーに入れると、ますますひどい見栄えになった。よく「うどんみたいな蕎麦」というが、うどんならまだましである。私の麺は、そもそも麺の体すら成していない気もするが、その代物は半分にぶっちぎったキシメンというか、心太（ところてん）形蕎麦というか、目も当てられない「ちぎれ蕎麦」だった。食べたらどんな悲惨な口当たりになるのだろうか。もう、恐ろしいよりワクワクする。

先生は、私たちを手取り足取り指導しながら、講習後に振舞う蕎麦をちゃっちゃと打ち終わっていた。トントンと調子よく弾む棒捌（さば）き、リズム正しい包丁の動き、ただただ脱帽である。

先生が目の前で切り分け、茹でてくださった打ち立ての蕎麦は、口中に含むと一瞬にして鼻腔の深奥まで新鮮な蕎麦粉の香ばしく甘美な香りが満ち溢れ、シコシコと噛むほどに香りがいよいよ高く、芳醇になっていく。私たちの素人蕎麦と比べたための「ベース効果」などではない。脱サラまでした先生が心を込め、手を尽くして、透明に澄んだ奥多摩の空気が育んだ蕎麦を供してくださったその気持ちと、巧みの技術がこの逸品を生み出しているのだった。よっ、日本一！　いや本当に。先生、格好いいです。切り残しの蕎麦の欠片は、揚げて蕎麦カリントウにするのだそうだ。

その夜、私の打った（？）蕎麦を母に茹でてもらった。市販の蕎麦なら私もけっこう楽しく茹でられるのだが、あの恐ろしい「四角形ちぎれ蕎麦」が相手となると、とても立ち向かう勇気がなかったのだ。ここはやはり、昔の味噌のコマーシャルではないが「オカアサーン」と呼ばわるしかない。母も最善を尽くし、仕上がり最悪の素人蕎麦でも何とか食べられるものに料理しようと心を込めて茹でてくれた。

さすがに打ち立ての蕎麦である。味は予想外によかった。先生の指導のもとで作った生地と同じに肌理細やかで、夢のようにスベスベした口当たりである。最高の蕎麦粉だけあって、香りも申し分なかった。さて、歯ごたえのほうは？　期待を裏切らない「最悪」の出来だった。蕎麦でもなく、蕎麦団子でもなく、もはや麺でもないような噛み心地。何しろ、口直しに蕎麦屋に行こうという話がまとまったぐらいだから。

それでも、ようやく触れることができた新蕎麦の生地は、ツルリと美味しい蕎麦の口当たりを予感させる絹の感触であった。切り方も打ち方も超下手っぴいだったけれど、あの生地の手触りと香りを思い出せば、いまも先生が打ってくださった蕎麦の美味しさを口中に呼び戻すことができる。

蕎麦、ケーキ、クッキー、白玉、団子、パイ、パン……。どれも粉から生地ができた時点で、その感触や香りから完成した料理の美味しさも、成功率も分かる。それが生地の魅力というものなのだろう。いくつもの練り方や伸し方を経て生まれた「ちぎれ蕎麦」は、息づく生地の魅力をあらためて堪能させてくれたのだった。

我打ちし新蕎麦味の悩ましき　麻由子

秋に触れる　触れて読む

著名な脳科学者が、電子書籍を画面で読むよりも、紙の書物を手に取って読むほうが脳に刺激があってよいと書いていた。本の重み、ページをめくる感覚、紙の手触りなど、手に直接受ける刺激が脳によいのだそうだ。

感覚的に納得できる。手に何かを感じることが脳刺激になるとすれば、点字使用者の私は、本を手にもつだけでなく絶えず文字に触れているわけだから、かなり自然にたくさんの脳刺激を受ける機会にめぐまれていることになる。墨字が読めない不便と引き替えの幸いと受け取っておこう。

私はいわゆる文学少女ではなかったし、自分が読書好きだとも思っていなかった。特に子供のころは、点字や音読の形で読める本自体が限られていたうえ、一文字ずつの表音文字を指でたどって読む点字での読書は、相当な速読能力があっても、漢字で意味をとらえながら一度に複数の行が読める目の読書と同じにはいかない。だから、本を読まないほうではないとしても、読書家を自称する人たちにはとうていかなわないと自覚していた。ただ、ある日母が知人から「麻由ちゃんはいつも本を読んでいるわね」と言われ、「そうね、必ず枕元に何冊か本をおいているし、乗り物のなかでもいつも何か読んでいるのよ。何だか面白いらしくて」と話しているのを小耳に挟んだので、大人から見てもそこそこの読書好きではあったのかもしれない。

秋は読書に適した季節というのは本当だと、小学生のころから思っていた。子供にとって、秋は運動会や学園祭などいろいろ忙しい季節だけれど、紙の手触りが年間で最もよい季節でもあるのだ。本に触るのが気持ちよく、静かな夜長の読書が進む。気候の良さや世の中が落ち着く季節柄に加え、私には紙の手触りの良さが「読書の秋」の源なのである。

当時そんな自覚はなかったが、母の言う通り、夜はいつも本とともに眠ったし、電車のなかで読む本も持ち歩いていた。点字の教科書は電話帳ほどもあり、時間割に合わせた何冊もの教科書のほかに読む本も持つのは、体の小さかった私には大きな負担だったと思う。が、読みたいという気持ちがそれに勝っていたらしい。盲学校の友だちの母上が私を電車で見かけたとき、「顔は見えなかったけど本を読む手が見えたから麻由ちゃんだと思った」と言ったこともあった。

点字と聞いて駅の券売機やエレベーターのボタンの脇に張ってある文字を思い浮かべる方も多いだろうが、本当の点字は、もちろんたいてい、紙に書いてある。街で見かけるバリアフリー使用の点字は鉄片やテープに書いてあり、むしろ特殊なものである。

紙に書いた点字の表情は、紙質や季節、その日の湿気や読む人の手の状態によってさまざまに変化する。寒い日にかじかんだ手で点字を読むといつもより薄く感じるし、梅雨時に読むと、紙の湿気と自分の手の湿りが重なって、指の滑りが非常に悪くなる。この季節、点字は年間で最悪の手触りになる。

一転、秋になると、点字はスベスベと指によく馴染む。空気の乾燥によって紙が乾き、手も汗をかかなくなるからだろう。読書のときに指がよく滑ると、快調に読み進むことができる。子供心に、私はその感触が気に入っていたので、読書の秋とはもっともだと思っていた。

小学四年前後、そろそろ点字で読書らしい読書ができるようになった時期、点字の本は教科書や図書館の印刷本以外、ほとんどすべてがボランティアの方による手打ちだった。

点字用の定規に点字用紙と呼ばれる特殊な厚紙を挟んで、紙の裏側から点筆と呼ばれる専用の針で一点一点穴を開ける打ち方と、点字タイプライターで打つ方法があった。タイプライターの種類によって、本は紙の表だけに打つ「片面打ち」だったり、行間を利用して裏からも打つ「両面打ち」だったりと、そのころの本の点字はいろいろだった。タイプライターのほうが楽にたくさん打てたので、点訳を本格的に手がける人たちはタイプライターを使うことが多かった。

盲学校の図書室にある本は、ボランティアのみなさんによる手打ちの本ばかりだった。手打ちならではの味わいがあり、たとえばビクトル・ユゴーの『ああ無情』に出てくるテナルディエという名前が「テナルデー」と書かれていたり、同じ本のなかで大ストーブが「オオストーブ」だったり「ダイストーブ」だったりと、表記がバラバラなこともあった。私はそれらを楽しみながら、間違えながらも手打ちしてくれたボランティアさんの手の温もりとして、嬉しく思っていた。こういう間違いは、正確だが手打ちの温かみのない大量生産の点字本よりも、ずっと素敵に思えた。もし私が「本が好きな子」だったとしたら、その半分は、本の内容より手打ちの温かみへの思いだったかもしれない。

ちょうどこのころ、図書委員を受け持った。学年の始めから終わりまで、昼休みは委員の仕事で毎日図書室にいた。普段の仕事は単純で、借りにくる人の「お通い帳」に貸し出す本の書名と貸し出し日を記入し、返ってきた本を書棚に戻すだけである。週に一度の委員会活動のときには、背表紙から剝がれてしまった点字の書名ラベルを作り直して貼ったり、新しい本を図書カードに書き加えてラベルを貼ったりした。作業中や貸し出し時間のおしゃべりは楽しかったが、仕事はいたって地味で、最初のころはちっとも面白くなかった。本当は放送委員になりたかったのに、くじ引きで負けて図書委員になってしまったのだから。

しかしいざやってみると、図書委員の仕事はなかなか奥深くて、外から見ているだけでは分からない面白さがあった。クラスメートに本を貸し出すときは、なんとなくよそよそしい感じがしてちょっと不思議な気持ちになった。上級生に貸し出すときは、大きい人たちがどんな本を読んでいるのか興味津々だった。ときには、真似(まね)をしてちょっと背伸びした本を借りてみることもあった。

委員の仕事のなかで一番楽しかったのは、下級生に本を貸し出すことだった。まだ点字一文字がやっと収まるぐらいと思われる小さな手をした下級生たちが、一所懸命本を選んでもってくる。それを点検し、お通い帳に記入して「はい、来週の木曜日までに返してね」とか「いい本を見つけたね。楽しんでね」などと言いながら手渡してあげるときは、なんとも言えず嬉しかった。自分も楽しく読んだ本を彼らが借りていくときは、努めて中身を教えないように自制したものである。小さな手で彼らが私の記入した点字をたどって確認し「どうもありがとうございました」と言って帳面を閉じ、重そうに本をもっていく様子はたまらなく愛らしかった。そんなときの私はきっと、大人語でいえば目を細めて見ているといった風情だったに違いない。

みんなが帰ると、私も自分の本を選び、自分で帳面を付けた。リングで上を閉じた厚い「点字紙」のノートに、懐中定規という携帯用の点字筆記具を嵌めて、友だちにするのと同じように点筆で借りる本の題名と借りた日にちを書く。それを顧問の先生にチェックしてもらうと、大きな点字本を抱えて教室に戻った。順番待ちして借りたときなどは、読むのが待ち遠しくて授業がいつもの三倍ぐらい長く感じられた。図書室特有の古い紙の匂いのなかで、書棚に並んだ本の背表紙の上から、手を横向きにして下方に文字をたどり、これにしようと決めたときから、私はすでにその本の虜になっていた。

そんな毎日で、私はいつのまにか図書室の本をほとんど全部読んでおり、本の整理を通して書棚の様子は隅々まで知っているつもりだった。ところが、貸し出し作業をしていると必ず知らない本をもってくる人がいる。これは楽しい驚きだった。あれ、こんな本、あったんだ！　と思わず口走り、返却されると自分も借りてみたりする。借りた人が「面白くなかった」と言っていた本でも、読んでみると案外面白いことも多かった。盲学校のこんなに小さな図書室にも、いつまで経っても謎が存在する。『ハリー・ポッター』の「閲覧禁止」ではないけれど、私は図書委員の仕事から「図書室の神秘」を知ったのである。

あるとき、不思議なサイズの本が届いた。点字紙の普通サイズ（B5判より一回り大きい）を半分に切った「半分紙」サイズで、普通の厚さ（一〇〇ページぐらい）の一・五倍もあろうかという大変な厚みだった。文字は両面打ちのタイプライターでびっしり打たれている。小さいサイズの紙に両面打ちしたものだから、本はパンパンに膨れていた。半分サイズのうえ、分冊にしなかったため厚くなったのかもしれない。開いたとたんに壊れてしまいそうで、触れるのも恐かった。手打ちした点字紙は、左端を一センチほど折って糊代にし、折り目を次のページの左端に合わせて貼りつける形で製本する。点字紙が市販のB5サイズより一回り大きいのは、この糊代を取るためだと聞いたことがある。点字板と呼ばれる筆記具で書くと、糊代を自然に折る形になるが、タイプライターでは折り目がつかないので、書きあがってから折ることになる。すると微妙なずれが出て、製本はなかなか綺麗にいかない。この謎の本は、そのずれをほとんど直さずに背表紙で閉じられてしまったため、開くと本が左右にガクッとずれる。乱暴に開くとそのままバリッと破れてしまいそうだった。それでも中身を確かめようと開いてみると、半分紙なので一ページに十行ぐらいしか書けないところへ、一行をページ数を打つ行として取ってしまっている。厚みの割りに書いてある文字数がかなり目減りしてしまっていた。

いったい何の本だろう？　表紙を開くと、タイプライターで紙を細かくずらして作った四角い枠のなかに、綺麗な点字で「『ああ無情』より」と書かれていた。その下には「小学六年生、○○ゆみ子点訳」と書いてあった。この名前はうろおぼえだし、名字は忘れてしまった。ただ「小学六年」の一言が強烈に印象に残った。私とほぼ同年齢の子が、私たちのために点字を打ってくれたのかという感動とともに、私は同い年の子にボランティアをしてもらわなければ本も読めないのかという、やや情けない気持ちが同時にやってきた。

『ああ無情』はすでに少年少女版を読んでいたので、この小さな分厚い本に書かれている「一部抜粋」をあらためて読むまでもなかったが、普段点字で勉強していない小学六年の子がどんな点字を書いているのか興味があったので、早速借りてみた。

実はこの本に、あの「テナルデー」の文字があったのである。最初は子供に点字を打ってもらったというコンプレックスからちょっとした反発めいた気持ちがあって、なあんだ、「小学六年」なんて威張っていても、「ディ」の字が書けないんじゃないか、やっぱり子供ね！　などと子供なのに思ったりした。だが、不意に自分が夏休みの作文や読書感想文を点字で書いている様子が思い出され、はっとした。私と同じように勉強している子がこれだけの点字を打つには、どのくらいの時間を割いたのだろう。そう思ったとき、急に胸が痛くなった。さらに、自分の作文を製本する大変さを思い出すと、たとえ壊れそうな製本でも、これだけの厚みの本を同年齢の子供が一人で製本したのかと思うと、がんばったんだなあといまさらのように感動が湧いてきた。

彼女にとって、それは夏休みの自由研究か何かだったかもしれない。だから時間を割いたとしても彼女自身にとってはさほどの負担ではなかったかもしれない。しかし、その「作品」をいま、私は図書室から「蔵書」として借りて読んでいるのだ。点字はたしかに間違っている。でも、彼女は「蔵書」を作ったのである。小さな図書委員としては、そのことにぐっと胸を突かれた。

私は図書室のために蔵書を作ったことはない。やっぱり、すごいことだ。だから、そのご褒美として、彼女は「小学六年」と表紙に大書したのだろう。ほんの少しの「よくやったでしょ」印に。そう思ったら、最初の反発がすっと消えていった。私と同じくらいの「お友だち」が、私たちの文字をこんなにたくさん書いてくれた。それも、私の大好きな『ああ無情』に感動し、その本のある箇所を点訳に選んだのだ。突然、この見知らぬ「お友だち」と、ジャン・バルジャンの不屈の精神とユゴーの博愛精神を通してつながったような気がした。一度も会ったことのない「お友だち」が、一人の「新しいお友だち」になったようで、心が温かくなった。

残念ながら、この不思議なサイズの本が図書室に届いたのは、この一冊が最初で最後だった。ゆみ子さん（?）は、あれからどうしたのだろう。どんな本と出会ったのだろう。いまでも点字のことをおぼえているだろうか。ときどき、そんなことを思ったりする。

点字のほかにも、私はさまざまな形で文字に触れる機会にめぐまれた。オプタコンという光学装置によって墨字を触読する訓練を、日本で最初に子供として受けたのは私だったし、現在はピンディスプレーと呼ばれる点字の表示装置をパソコンにつないでペーパーレスで文字を処理している。オプタコンを通して触れた墨字は点字よりもずっと立体的で、墨字の作りを学んでからは白紙を前にしただけでそのうえにさまざまなイメージが浮かぶようになった。ピンディスプレーの点字は、当初からかなりの性能だったが、昨今では多くの改良の結果、摩滅しやすい紙よりもずっとたしかな手触りといえるほどになっている。

けれども、私はやはり、紙から離れられない。“sceneless”の友人が次々と紙のメモ帳から小パソコンともいえる携帯用点字メモ機に乗り換えるなか、私もその機械をもっているにもかかわらず、いまだに紙と点筆でメモを取っている。読書も同じで、点字のデータをパソコンでネット上からダウンロードしてピンディスプレーで読む方法も活用してはいるが、ゆっくり深く読みたいものはどうしても紙になる。

中学時代に背伸びして聖書を読んだときも、大学時代に憧れたモンテーニュの『エセエ』を読んだときも、その後十年間かけて『千夜一夜物語』を読んだときも、仕事の合間を見て『源氏物語』の原典を読んだときも、すべて紙で読んだ。それぞれの本の製本や表紙、点字の手触りは、本の個性の一つとして未だに手のなかに残っている。わけても、さっぱりとした粗い手触りの布で一冊一冊丁寧に製本されたアラビアンナイトは、本そのものが一篇(ぺん)の詩のようであった。それを開く瞬間から、私はアラビアの昔へと飛び立っていた。本に触れて読むことには、そんな力があるのである。

このごろは、パソコン点訳といって、パソコンで作成した点字データを点字プリンターで印刷する点訳方法が定着してきた。そのため、図書館から借りる本の多くは、左側に穴の開いたコンピューター用紙をリングファイルで閉じた形になっている。製本は、ほとんど行われなくなったといってもよいだろう。こうして作業が簡便になった分、点訳できる本も増え、新刊も以前では考えられないほど早く点字になっている。それはもとより喜ばしいのだけれど、私はどうしても、美しい丁寧な製本への思いを断ちきれずにいる。すべての本がそうである必要はないのだろうが、大きさも色も太さも変えられない点字の本のなかで、唯一の楽しみだった製本は、やはり一つの芸術だったと思う。読者に「手で触れて読む」ことも含めて「読む楽しみ」を提供することを考えるなら、たとえ点字であっても製本と紙の手触りは大切にしてよいのではあるまいか。ずいぶんわがままな話とは承知のうえだが、機能から質へという進化を実現するには、こんなわがままを言う人がたまにはいても許していただきたい気がする。

最近は、私たちもパソコンやスマートフォンで以前よりずっと自由に本が読めるようになった。多くはデータをアプリでダウンロードして聴く。濫読(らんどく)には大変重宝だ。スマホに何冊でも本を入れておけるので、外出先でも、家のどこにいても読書ができるし、洗い物や服の整理をしながらでも本が読めるからだ。おかげで読書量は格段に増えた。

そんな時代になってもなお、私の枕元には、今夜も点字の本が並び、それを囲むようにサラサラやツヤツヤの手触りを引っさげたいろいろのメモ帳たちがはべっている。秋はやっぱり、手で触れて本を読みたい。

爽やかや新しき本開くとき　麻由子

冬

冬を聴く　冬の夜の音

冬晴の雀ぴか〳〵とびにけり　　星野立子(ほしのたつこ)

鳥の囀りがよく聞こえるのは春だが、繁殖期特有の歌である囀りとは違った、鳥本来の声である地鳴きが聞こえてくるのは、実は秋から冬である。特に、雀のように年間を通して私たちの近くで暮らす小鳥の声は、晴朗な冬の空気によく響く。雪の朝でさえも、庭で元気におしゃべりしたり、ときには餌の取り合いに熱くなって喧嘩(けんか)したりしながら命を燃やしている雀の声は、弾けるように澄んでいる。地味な色だが、よく見ればツヤツヤと美しい羽に陽光を反射させながらピカピカと飛ぶ雀の声は、ひときわ愛らしく弾けていたことだろう。

春には囀りモードの鳥たちと口笛などを通してある程度会話することができるが、冬の鳥たちは違う。体の状態が、コミュニケーションではなく採餌に真剣に取り組むモードになっているからだ。しかしそれゆえに、彼らの生の声を聞くなら空気が澄んで町が静かな冬が一番なのである。

鳥の声に耳を澄ませたところで、もう少し、冬晴れの町で耳を澄ませてみよう。

焼藷（やきいも）の風呂敷包誰が持つ　　星野立子

現代に残っている数少ない街の売り声の一つに、焼芋屋さんがある。その文句もさまざまで、

「イシヤキイモー」

「オイシイ　オイシイ　ヤーキイモオー」

「アッタカーイヤキイモー、ハヤクコナイトイッチャウヨオー」

なかには、チンチキチンチキとひたすら鉦（かね）を鳴らしている車もある。たいていの焼芋屋さんの声にはエコーがかかっていて、どこかで録音したテープをエンドレスで流している。以前、焼芋屋さんと思って近づいてよく聞いたら、

「ギョオザアー」

と言っていたことがある。車の後ろにでかでかとNATTOと書いてあったりもした。

話が逸れたが、焼芋屋さんはいまも健在だ。たとえ一本の温かいお芋が七百円もしようとも、英字新聞に包まれた「高級焼芋」がさらに目玉の飛び出るような値段で売られようとも、焼芋の売り声は冬の街に流れる応援歌のように、これからも暖かさを売って響いていくのだろう。

音こぼし〳〵寒柝地の涯へ　西東三鬼

夜の帳が下り、子供たちがそろそろ眠りにつくころ、冬の音のなかで私が一番好きな音がやってくる。火の用心を呼びかける夜回りの音である。

落語の「二番煎じ」によれば、江戸時代の夜回りは「火の用心、火の周り」と呼ばわったようだ。また、中と呼ばれた歓楽街の吉原では、居残りになった客や若い衆が「火の用心さっしゃりやしょおー」と言いながら、吉原の中を見回っていた。興味深いことに、その落語の描写に出てくる拍子木のリズムも、私たちが知っているのと同じ「チョン　チョン　チョチョン」である。あのリズムを最初に考えた人は、偉い。

何しろ三百年以上残るリズムを考えたのだから。

その拍子木が、現代の冬の夜を静かに迎えている私の耳に届くとき、私は何をしていようとも、手と心を止めて「ありがとう」と思う。夕食を食べていても、本を読んでいても、湯船に浸かっていても、布団のなかで眠りにつこうとしていても、家並みに響く寒柝の音が遠くからそろそろと近づいてくると、私のなかに流れていたすべての時間が止まり、その音の動きと我が家からの距離を耳で測りはじめるのだ。そして拍子木がまさに私たちの住むブロックに入り、我が家が面した道にやってきた瞬間、私は「ありがとう」と感謝し、その音が遠ざかりはじめるのを確認してから元の時間に戻っていく。不思議なことに、このときだけは何を中断されても調子が崩れることはない。一度集中が拍子木に移っても、「ありがとう」が済めばすんなりと元のことへの集中や、休息に返ることができる。それどころか、「ありがとう」のあとはむしろ集中しやすくなったり、よく眠れさえするのである。

初めて「夜回り」を近しく意識したのは、小学校二、三年生くらいのとき、近所の子供たちで「子供消防団」なるものをやったときだった。仲良しの友だちだけでやるものと思っていたが、いざ行ってみると私をしょっちゅうからかっている悪童たちもいるではないか。夜回り計画で高揚していた気分はどこへやら、またこいつらに悪さをされるのかと思うと、仲良したちの陰に隠れて透明でいたかった。

なぜきゃつらがそんなに私をからかったかというと、私が“sceneless”だからである。私は光や風景をもたないのである。正確には、四歳になるころ病気によってそれらとさよならした。以来私は、視覚なしの四感プラス第六感の合わせて五感で世界を感じている。差し引きでは五感になって帳尻は合うが、中身はおそらく「見え人」のみなさんとは大分違うだろう。“sceneless”デビューからわずか数年しか経ていない小学校低学年時代で、私は落としたものを探して拾うといった簡単な作業さえ、ままならない時期だった。

そのように自分の身の回りの世話さえおぼつかなかったが、どういうわけか友だちには恵まれた。みんなは、何もできない私を助けながらも、できるところはすべて対等な子供として遊んでくれた。私は私で、補助輪なしの自転車を乗りまわしたり、ローラースケートで遠征したりと、遊びに関しては友だちに引けをとらない程度にはこなしていた。近所の仲良したちとは、夏はプール、冬は雪合戦、ときには一緒に勉強もしたりして、けっこう楽しくやっていた。私にとってそれは、盲学校とは違う世界でもあり、ときには喧嘩したり悪さをされることがあっても、かけがえのない放課後のひとときだった。

その仲良し友だちとともに、町内にはからかい連中がいた。彼らは、遠巻きに私を見てはいろんな言葉を投げつけたり、通せん坊をしたりして、私の日々に一味違う色取りを添えていた。悪戯（いたずら）されて嬉しい子供はいないわけで、私は彼らに出会うのが一番嫌いだった。ここに至れば、せっかく楽しく参加した「子供消防団」に、彼らがいたことを知った私の心境がどんなものだったかご想像いただけるのではあるまいか。

夜八時、私たちは手に手に「拍子木」のつもりのものを持って、何人かの大人とともにいつも遊んでいる「広場」に集合した。「拍子木」のつもりというのは、もちろん本物の拍子木を持ってくる子もいたが、たいていの子はウッドブロックだのすりこぎだの、家にあるものを持ち寄って寒柝にしたからである。

「では、まず二組に分かれよう。それで、これを叩いて〝火の用心、マッチ一本火事の元〟と声を揃えて言うんだ。いいか？」

一番年かさの男の子が指令を下し、私たちは二班に分かれて別の路地へと歩きだしたのだった。

私の班には仲良したちとともに、あの悪童仲間もいた。しかも気がつくと、私はあろうことか、その悪童の一人に手を引かれていた。ど、どうしよう。

「火の用心カン・カン。マッチ一本火事の元！　カン・カン」

私の心配をよそに、マッチ会社が聞いたら名誉毀損で訴えそうな呼び声を張り上げながら、「子供消防団」の任務が始まった。

一方、私はおびえながら歩いていた。この悪童に、段差で手を放して転ばされるか、大人の見ていないところで足を踏まれるか。角を曲がりしなに蹴りを入れられたらどうしよう。

私の全神経は、いざというときの防衛行動に備えてのっけからピークの緊張状態に達していた。悪童たちも私と同じ班になったことに戸惑い、我らの班には何とも気まずい雰囲気が流れていた。

「火の用心カン・カン。マッチ一本火事の元！　カン・カン」

「火の用心カン・カン。マッチ一本火事の元！　カン・カン」

ところが、何度か声を合わせて町のみなさんに火の用心を呼びかけているうちに、私たちはだんだん面白くなってきた。

「誰が一番大きい声で言えるか競争しよう」

「火の用心カン・カン。マッチ一本火事の元！　カン・カン」

「麻由、段差あるから上がれ」

子分に私の手を引かせていた悪童のボスが突然、反対側の手を取って私を支えた。

「段差のときは止まってやれ、おまえ」

なんと、子分殿に指示まで出している。

こいつらってば、いままで私の手なんか引いたこと一度もないのに、なんでこんなにちゃんとできるんだろう。

「ほら、麻由も大きい声出せよ」

「うん、じゃあ……火の用心カン・カン。マッチ二本は大火事の元！　カン・カン」

「なんだそりゃ」

みんなが爆笑し、それまでの緊張が一気にとけた。こういう展開は予想していなかったので、あまり一遍に楽しい雰囲気になったことに私のほうが戸惑ってしまった。

がとにかく、私の偶然のアドリブをきっかけに、マッチの数が増えだした。

「火の用心カン・カン。マッチ三本ならもっともっと大火事の元！　カン・カン」

「ばっかじゃねえ、こいつ」

言いながらまた爆笑。

「火の用心カン・カン。マッチ五本ならウルトラ大火事の元！　カン・カン」

「火の用心カン・カン。マッチ十本なら超ウルトラ、スーパー大火事の元！　カン・カン」

みんなも調子に乗ってやりだした。こうして、火の用心なんだか火事比べなんだか分からない呼び声とともに、マッチの数はどんどん増えていった。

路地から路地へと曲がって行くと、さまざまな夕食の匂いがした。カレー、焼き魚、シチュー、揚げ物……。家のなかからは、いろんな音が聞こえてくる。赤ちゃんと犬が一緒に鳴いていたり誰かが縦笛の練習をしていたり、テレビの音が洩れ聞こえている家もあった。

夜気がズンズン冷たくなり、それとともに闇も深まっていく。光をもたない私には、闇というものもない。しかし、視覚を使わなくても明るさと暗さを感じ分けることはできる。明るいときには空気が軽く、暗くなるにつれて重みと圧力を増すからだ。

「もう真っ暗だね」

「おまえ、なんで分かんの？」

「暗い感じがするから」

「どんな感じだよ」

「うーん……重たい感じっていうか」

私と彼らの間に、少しずつ会話が生まれてきた。

「ほんっとに見えてねえの、おまえ？　だっていつも自転車とか乗ってんじゃんか」

「音で乗るんだよ。見えなくても方向の感覚とかあるし、壁が近づいてくれば気配がするから、慣れたところならぶつからないよ」

「ふうーん」

細い路地に入ると、犬小屋があった。すると手を引いている子が黙ってポジションを変え、私を犬から遠ざけてくれた。

この子たち、分かっていたんだ。やっぱり私と遊んでみたかったんだなあ……。突然そう思い当たってはっとし、危うく急停止しそうになった。後ろの大人との距離が離れ、一瞬彼らの視野から出ることがあっても、その隙に私をいじめたりからかったりする子は一人もいなかった。みんな、マッチの数を増やしたり変な呼び声を考えて披露するのに夢中で、もはや誰と誰が仲良しとか、私が弱い子供だとかいうことは問題にならなくなっていた。

「火の用心カン・カン。マッチ七本ならもうぜったい駄目な大火事の元！　カン・カン」

そのうちに、私は不思議な感覚に包まれていった。子供らしく「マッチ何本なら」と数増やしのゲームをやりながら、拍子木が鳴るたびに、町内に奇妙な何かが満ちていくような感覚を覚えたのである。それは火の用心のベールといおうか、私たちの打つ拍子木の余韻が建物にこだまするたびに「現在この地点は大丈夫である」という太鼓判を押し、前回叩いた地点からつながる、大きな大きな「安全ベール」を張り巡らしていくような気持ちになるのである。力を込めて拍子木を打てば、そのベールはより厚く、しっかりと張られていく。もしかすると、夜回りの仕事とは、こうして「安全ベール」を町に張り巡らし、火の手や魔の手から人々を護（まも）ることなのではあるまいか。

「マッチ三十本なら三十個分の火事の元！」

「マッチ六十三本だと六十三個分の火事の元」

マッチが十本を超えたあたりから、火事の元の枕詞（まくらことば）は実に気の抜けたものになった。しかしなぜだか、数だけは休まず増えていく。そしてとうとう、

「マッチ百本なら……」

「こらあ、真面目にやんなさーい」

ついに後ろから「教育的指導」が入った。

こうして、「広場」に戻ったときには、呼び声は何事もなかったかのように「マッチ一本火事の元」と元に戻っていた。

「ありがとう」

気がつくと、私はみんなにそう言っていた。

「またな」

そんな挨拶を交わしながら、私たちはいっぱしの消防団員気取りで家路についたのだった。

冬の夜、私はよく室内にじっとして、静寂のなかで夜回りの音に集中することがある。拍子木の音は、あのころと変わらず「安全ベール」を張り、私の住む家を護りのなかに包んでくれる。

「安全ベールをありがとう」

そのベールが隙間なく張られ、拍子木の余韻が寥々(りょうりょう)と更けていく夜の帳のなかに吸い込まれて消えると、私は「安全ベールをありがとう」の感謝を済ませ、いま一度火の元を見回って、一日の営みを終える。

冬は空気が澄むので星が綺麗だったり、遠くの景色がよく見えたりするといわれる。音にも同じことがいえると思う。冬の冷気は遠くの音をよく伝え、近くの音をくっきりと浮き立たせるような気がするのだ。その音に彩られた冬の時間は、あるいは淋(さび)しく孤独かもしれない。だが、夜回りの安全ベールのように世界と自分をつないでくれる「安堵(あんど)の音」を聞き分けることができれば、その気持ちは薄らぐのではあるまいか。音は、音波によって私たちの鼓膜に直接届く。だから音を通じた心の動きは、視覚よりも直接的になる。私の乏しい視覚の記憶をもってさえも、そのことは実感できる。特に、静かな冬は、音に目覚める絶好の季節だと思うのである。

寒柝の高き低きと響きけり　　麻由子

冬を食べる　スウィーツで乾杯

天使たちが離れて天に去ったとき、羊飼いたちは、「さあ、ベツレヘムへ行こう。主が知らせてくださったその出来事を見ようではないか」と話し合った。（「ルカによる福音書」二章十五節）

冬の食べ物といえば鍋や御節（おせち）など和風の料理が思い浮かびがちだが、実は、私たちのエネルギー源である甘味を提供してくれる洋風スウィーツこそ、隠れた冬の味覚だと思っている。同じ甘味でいうと、和菓子はもちろん美味しいが、味自体はだいたい似通っていて、どちらかというと味覚より視覚に重きがおかれているように思う。中華などアジアや中東のスウィーツは甘味が強く、私の印象としては季節など情緒的な要素の入る余地が少ない感じがする。一方洋菓子は個人的になじみが深いほか、なにより、思い出深い冬のお菓子が圧倒的に洋菓子、特にクリスマスにまつわるものが多いのだ。そして、私にとってクリスマスらしいお菓子とは、華やかなデコレーションケーキや街のウィンドウを賑わすスウィーツよりも、素朴でメッセージに溢れた小さなお菓子なのである。

クリスマスのお菓子といえば、やはり一九八〇年代に米国の高校に留学していたときのことを、一番よく思い出す。

当時、私はユタ州で米国人家庭にホームステイし、そこからスクールバスで州立のハイスクールに通っていたのだ。午前中の二時間弱ほどの時間を、高校のはす向かいにある同じく州立の盲学校で過ごした。それは、点字図書の貸し出しや一般高校での授業に必要な資料の朗読サービスなど"sceneless"の学生に対する州の支援を受けるためだった。ハイスクールでアメリカの高校生生活を満喫し、家でアメリカの家族生活を経験したとすれば、盲学校で、私は人の心の触れ合いを学んだといえる。クリスマスの深い思い出のひとつが刻まれたのも、この盲学校であった。

この学校は、目の障害のほかに、身体や知的障害を伴う重複障害の子供たちもいた。私は、筑波大学附属盲学校（現・同大附属視覚特別支援学校）に在学しており、重複障害の子たちと接する機会はほとんどなかった。だから、一般の人と英語で話すこともままならないのに、外国の盲学校で言語や知力に重度の障害をもつ友だちと意思を疎通することは、実に大変な経験だった。私のおぼつかない英語を真似する子がいたり、大人の冗談を聞きかじった男の子が「おれたちはおまえの国に爆弾を落としてやったんだぞ」などと息巻いたりして、初めのころはずいぶん困惑した。もっとも、そんな子たちも本当は極東からやってきた不思議な（？）女の子に興味津々だったわけで、彼らともすぐに仲良くなったのだが。

さて、クリスマス休暇を翌週に控えたある日、数学の授業が始まって間もなく、体育館で朝礼をやるから集まりなさいと校内放送が流れた。授業時間中でも、朝礼は関係なく開かれる。まさにアメリカ流といおうか、日本では考えられない気がしたが、とにかく呼ばれたのでクラスメートたちと連れだって体育館に集合した。体育館は、絨毯を敷き詰めた廊下の外れの坂を少し下った同じ屋内にある。廊下で行き合った十九歳のシンディーが迷っていたので、彼女の手を引いて体育館に入る。いまはどうか分からないが、当時は朝礼といっても整列はしなかった。ハイスクールの集まりでは講堂の椅子に座っていたし、盲学校ではみんな適当に、立ちたい場所に立った。アメリカには何かあれば並ぶという文化がないためなのか、先生が並びなさいと指導するのを見たことがなかった。

みんなが体育館に集まると、校長のノーブル先生が穏やかに話しはじめた。『ハリー・ポッター』の映画に出てくるダンブルドア校長のような、重厚で優しい雰囲気の先生だ。

「みなさん、来週には何がありますか？」

"Christmas!!"

みんなが元気よく答えた。

「クリスマスには、何があるでしょう」

"We get presents!!"

"We go home!!"

"We get candies!!"

小さい子たちが口々に答える。アメリカでも、みんなクリスマスプレゼントが楽しみなようだ。

寮生たちは休暇に遠方の実家に帰るのが楽しみな季節だ。障害が重くて家庭に戻れない子たちは、寮に留まったり保健の先生がボランティアで預かったりしていた。

一人だけ"I go to church"と静かに答えたクリスは、同じクラスのモルモン教徒で、高校を卒業したらブリガムヤング大学でモルモン教の勉強をして、将来は伝道（ミッショナリー）に行くのだと貯金と勉強に励んでいた。私は、日本で「チョーットイイデスカー？　アーナターハ、カーミヲ、シンジマースカ？」と話しかけることで話題になっていた若い外国人宣教師さんたちを急に思い出して、ああ、彼らはこうやってお金を貯めてやってきていたのかと合点がいった。

しかし、最後の「飴（あめ）がもらえる」という答えはよく分からなかった。クリスマスにもらえる食べ物なら、飴でなくケーキではないのかしら。

「キャンディーって？」

私は隣にいたボブに尋ねてみた。

「キャンディーケインのことだよ」

キャンディーケイン？　ますます分からない。直訳すれば飴の杖だ。しかし、いくら盲学校だからって、何も飴まで白杖になぞらえなくても……。

「違うよ、そのケインじゃなくて、飴が杖の形なんだよ。クリスマスのお菓子なんだ。いつもクリスマスの前の週に学校でもらえるんだよ」

ふうーん、と言い終わったとき、ノーブル先生がガサガサと紙袋を鳴らしながら、一人一人の生徒の名前を呼んで体育館を歩きはじめた。

「ジェースン。君は元気にしていたからあげようね。スーザン、君は優しいからあげようね。ローラ、泣かないでお返事できたからあげようね。クリス、お行儀がいいからあげようね」

これも驚いた。日本だったら、名前を呼ばれたときには生徒のほうから先生のところに行くのが当然なのに、ユタでは校長先生が生徒を呼びながら、自ら生徒の前に足を運び、丁寧に何かを渡しているのだ。おそらく、それが「キャンディーケイン」なるものなのだろうが、私は先生のほうから直々（じきじき）に歩いてきてくださることに、まずびっくりした。

先生は生徒の行動を実によく見ていて、それに応じて一人一人を本気で褒めながら、優しく飴を握らせているのだった。これにも驚いた。日本では先生に褒められることはあっても、その何倍も叱られてばかりいた私は、先生の仕事は叱ること、生徒の仕事は叱られることであるかのように思っていたのに、ノーブル先生は全員を別け隔（わへだ）てなく褒めているのだ。

ジェースンは、私に「日本に爆弾を落としたんだぞ」と脅しをかけた八歳のやんちゃ坊主だ。私に悪態をつきながらいつも近寄ってくる。この子ったら……と思ったが、彼のなかにはどこかとても淋しい雰囲気があって、意地悪や悪態を通してしか人と会話できない悲しさが感じられた。だから私は、ジャップと言われてもチャイニーズと言われても、なぜか彼を叱れずに「ジェースン、きょうは楽しいことあったの？」などと尋ねていた。先生もそれを知っていて「ジェースンは淋しい子なの。麻由子はそれを分かってくれて素晴らしいわ」とフォローしてくれた。そんな子だから、日本の感覚でいえば「もっとよい子になりましょう。がんばって」などと励まして飴を渡してしまいそうなのだが、ノーブル先生はそのジェースンを「元気」と褒めたわけだ。

ローラは十五歳だが小学一年生くらいの体の大きさで、言葉は話せるが表現がうまくできず、いつも泣いたりわめいたりして先生を困らせていた。呼んでもなかなか上手に返事ができないのだった。でも、この日は飴をもらえることが分かっていたので、「ローラ」と呼ばれると「イエース」と大きくお返事をした。ノーブル先生は、最初何を褒めようと思っていたかは分からないが、その返事を聞いて即座にそれを褒めたのである。

クリスは、もとより熱心なモルモンズだからお行儀もよく、成績も優秀だ。

「タミー、君はお化粧がうまくなってますます美人になったからあげようね。キャシー、おしゃべりしないで話が聞けるようになったからあげようね。ライリー、一般校でしっかりがんばっているからあげようね」

ノーブル先生の贈呈式は続く。はたして、留学生の Mayuko には、どんな言葉がかけられるのだろう。私はちょっとどきどきしながら先生の歩みに耳を澄ませた。

「麻由子、君はとてもよく勉強しているからあげようね」

なあんだ。それじゃ当たり前じゃないか。とは思ったが、留学生たるもの、厳しい日本の先生方にもそう言われるくらい勉強して祖国へ錦(にしき)を飾りたいものだと考え直し、喜んで両手で飴をいただいた。

飴は、千歳飴(ちとせあめ)の先をグーッと「し」の字のように曲げたもので、平たくいえば小さな傘の柄の形をしていた。

「それはね、麻由子、キャンディーケインというお菓子なのよ。クリスマスにアメリカで食べる飴でね。赤い縞(しま)模様があるの」

宿題の資料朗読をしてくださるウィルソン先生が、不思議そうに飴をまさぐっている私に説明してくれた。セロファン紙越しに、かすかにペパーミントの香りがした。子供として飴をもらうのは七五三でおしまいかと思っていたら、こんな外国で私より大きい子たちと一緒に先生から飴をもらえるとは。人生、どんな面白いことが起きるか分からない。それに、授業を受け持ってもいない校長先生が、これほど深く生徒を見つめていたとは。しかも、その生徒がどんな子でも、必ず本気で褒めることを見つけているとは。十五分ほどの朝礼で、私は人を見るとはどういうことであるべきかを学んだ思いであった。

門番は羊飼いには門を開き、羊はその声を聞き分ける。羊飼いは自分の羊の名を呼んで連れ出す。（「ヨハネによる福音書」十章三節）

諸説あるかもしれないが、私の聞き及んだところでは、なんでもキャンディーケインの由来は遠く一六七〇年代に遡るらしい。ドイツのケルン大聖堂の聖歌隊長が白砂糖の棒飴を曲げて作ったのが原型という。それをヒントにしたものか、インディアナ州の菓子職人がこれに赤い縞模様を加えていまのキャンディーケインを確立したのだそうだ。

このケインとは、羊飼いが使う杖である。聖書時代の羊飼いは杖をもって歩き、羊たちをつれて牧草地をめぐったり、散った羊を呼び集めて屋内に連れ戻したりしていたようだ。英国やオーストラリアのように牧羊犬を使ったとの話は聞かない。イスラエルを訪れたことのある友人に尋ねてみたが、やはり犬は見当たらなかったそうだ。羊たちは、右の引用のように、羊飼いに呼ばれると集まってくる。イエスは自分を羊飼いにたとえ、自分は神のもとに人を招く牧者だと説いたそうだ。

キャンディーケインを作ったアメリカの職人は、まず純白の硬い棒飴を作ったが、そこに赤い縞を入れて傘の柄、つまり杖形に仕上げた。この飴の純白はイエスの純潔、硬さは教会の基礎と神の約束およびイエスへの人々の信仰の固さを表していたという。さらに彼は、イエスが人の罪を引きうけて犠牲になるために鞭打たれたことを示す三本の細い赤の縞を、また十字架上でイエスが流した血を表す太い赤の縞を加えた。しかも、飴を逆さにすると、"Jesus"の頭文字であるJを表すことにもなるのだそうだ。さらに飴の味であるペパーミントは、イエスが人の罪の犠牲となって十字架にかかり、浄化されて復活したという信仰に基づき、聖書のなかで犠牲と浄化を象徴する味なのだとか。ずいぶんたくさんのメッセージを込めたものである。

キャンディーケインをもらった日の夜、雪が降った。家は二重窓で外の音はほとんど聞こえなかったが、雪が降るとその静けさが一段と深まった。夜の帳とともに、ユタの平原に雪の帳も下り、私たちはその静寂の底に沈められるようだった。

私は同室の妹（ホストシスター）が寝入ってから、ベッドで上半身を起こし、そっと飴を取り出して食べてみた。

「よく勉強しているからあげようね」

ノーブル先生の声が心の耳に響いた。飴は粗い砂糖の塊のようで、長いわりにしゃぶっているとすぐにとけていった。ミントの味はアメリカ特有の甘さを伴っており、私には少し甘すぎる気がした。けれども、普段は忙しそうにしていてほとんど話をしないノーブル先生が、私の日々をちゃんと見ていてくれたことが嬉しかった。そして、当たり前ではあっても、留学生として一番嬉しい褒め言葉を的確に言ってくれた先生の重厚な声が、この飴を通して心の隅々に行き渡ってくるような気がした。先生は、極東の、宗教とは無縁の家庭に育った外国の生徒にも、クリスマスの温かさをしっかり味わわせてくれたのだった。

いまでも、私は時折、あの雪の静けさのなかで一人ベッドで飴をしゃぶったときのことを思い出す。

アメリカでも、私は温かい家族と優しい先生や友だちに囲まれて楽しかった。淋しい思いをさせないように、みんなが気を遣ってくれたので、本当に淋しかったことは一度もない。でも、そのこととは別に、私は親元を離れて一人外国にいた。孤独感とは違うが、外国に一人という独特の淋しさは、知らず知らずに感じていたのだろう。ノーブル先生の言葉があれほど嬉しかったのは、そのためかもしれない。そして、い

つも は何でも妹に話す私が、この夜だけは一人で先生の愛情を思いながら飴をしゃぶったのも、一度はこの淋しさに向き合って、それを克服しなければならないと心のどこかで思ったからだったのかもしれない。

いま私は、スウィーツは気の合った仲間と食べるのが一番美味しいと思っている。特に冬の寒さが厳しいとき、ポカポカの室内でフワフワのクリームを楽しみながら趣味の話や冗談に興じたり、ホームパーティーでイタリア製の素朴なパネトーネを切り分けてワインで乾杯するときの至福は、何物にも替え難い幸せだと思う。

冬に誰かと一緒に甘いものが食べられること、それは、豊かさと平和の賜物だからである。

冬に触れる　氷の畔(ほとり)の一期一会

ある年の冬、自宅に近いボート池が連日結氷した。それを知ったのは、この年そこにオジロビタキという珍しい鳥がやってきているということで、野鳥仲間と連れだってヨーロッパからの珍客にご拝謁を賜りに行ったからだった。

オジロビタキは、羽色が美しいヒタキという鳥の仲間である。それが一羽だけ、この地に迷ってきたのだそうだ。春に無事北へ渡って行けるのかは分からないという。ヒタキらしく落ち着いてその辺に縄張りを構え、ウソの地鳴きのように低く短い声とヒタキらしい火打ち声を合わせ、フィッ、フィッ、カチカチと繰り返し鳴く。なんとも穏やかで、引き込まれそうな神秘的な声だ。囀りは、どんな歌なのだろう。

考えながら録音を続けていると、土手の下の池からゴロゴロ、ガラガラという騒音が湧き上がってきた。小さい子の乗る足漕ぎ式の自動車のような、えらい音である。誰かが遊んでいるのだろうと思っていたら、いつまで経っても終わらない。さすがに不思議に思って、オジロビタキの観察が終わるとみんなで池に下りてみた。

するど、分かった。結氷したボート池の「復建」を目指し、管理事務所のおじさんが小さな砕氷ボートを操作して、一人氷と格闘していたのである。

「ここんとこ、毎日なんですよお。もう寒くて寒くて」

手を振った私たちにおじさんがボートの上から応えてくれた。私たちのボート遊びのために作業をしてくれている。なんだか申し訳ない気がした。

池の縁にしゃがんで氷を触ってみると、案に相違して大変しっかりした厚氷であった。試しにのっかってみると、びくともしない。表面はザラザラしていたが、自然の氷とは思えないほど平らで、広々と続いている。その氷が、砕氷ボートの波を下から受けてボーワン、ボーワンと波打つ。氷が波打つのを上から触るのは、実に不可思議な感覚だ。平らな氷が、ギシギシときしみながら一瞬曲線になり、また元に戻る。その周りでは、きしみの音にまみれて小さな氷の欠片がカラカラ、コロコロとぶつかり合う音が散らばっていた。なるほど、こんなに分厚いのでは、あのものすごい音でがんばらなければ池の復建は無理だろう。

おじさんの労をねぎらう意味も含め、私たちはボートに乗ることにした。私たちも自分の力で氷を割ってみようということになり、白鳥の形をした足漕ぎボートでかわるがわる、えっちらおっちら漕ぎ出した。ただでさえ進まないのに、氷を割りながらではますます進まない。スクリューにつっかえるような氷の抵抗を感じると、とたんに氷の柔らかな足応えに変わる。その繰り返しとともに、ボートはゆるゆると進んだ。

北海道で流氷を蹴立てる砕氷船「ガリンコ号」に乗ったとき、足下で砕ける流氷は思いのほか柔らかいように思えた。だがボート池の氷は、流氷よりはるかに薄いはずなのに、はるかに硬く感じられた。もっとも、水の質も氷の状態も、また船の造りも違うのだから、当然といえば当然なのだが。一瞬でも、止まればすぐに氷がカラカラ、チカチカとぶつかりながらやってきて、ボートを閉じ込めようとする。南極観測船や北方の氷海で漁をする船に乗る人たちの恐怖と緊張感やいかに！　しかし、自分を閉じ込める氷は恐ろしいけれど、冬の手触りとして静かにしていてくれる氷なら、味わいが深いと、いつも思う。かまくらを作ったり、富士山麓の氷穴に入ったりと、氷の中に入る経験は何度かある。人と一緒だったから面白かったが、同時に私を包む氷の圧力とも質量ともつかない気配には、ある種の恐怖を感じていた。そうやって氷に閉じ込められるときの恐怖を擬似体験したことがあるのに、私はやっぱり氷が好きなようである。

子供時代にやった冬の遊びは、意外に強く印象に残っている。陽気のよい季節に日だまりでゆったり遊ぶのもよいが、冬将軍のただなかで全力投球して遊ぶ充実感は、また格別である。大地を浚うような強風に立ち向かいながら「花いちもんめ」に興じ、喉が嗄れるほど「オフトン　ビリビリ　イッカレナイー！」などと叫ぶのは面白かったし、向かい風と力比べして歩く「風押し」も楽しかった。焼芋屋さんをみんなで走って追いかけ、ようやく追いついて息を切らせながら「焼芋くださーい」と声を揃えたら、よく追いついたね、とおじさんがお芋のしっぽを一つずつおまけしてくれたこともある。冬の遊びには、遊びながらも真剣に寒さと闘い、お互いをいたわり合うという、充実した緊張感があるのである。

なかでも、氷を使った遊びは最高だった。空気や水と違って、氷はいつもあるわけではない。そこが氷への興味をひときわ強めるのである。でももしかすると、私が氷に特別な思い入れをもっているのは、ただ遊んで楽しいからとか希少価値があるからというだけではないかもしれない。氷には、いくつかとても深い思い出があるのである。

私が最後に見た白の色は、氷の色ではなかったかと思う。根拠はないのだが、氷のやや濁った白が妙に鮮明に記憶に残っているからだ。氷のほかにおぼえている白は、紙の無表情な白、アスファルトの平らな白、クレヨンの白、ピアノの鍵盤の白（ただし象牙だったので正確には黄色がかった白）、それからシャツの白ぐらいだろうか。どの白もそれぞれに違っていた。いまは色を一種の手触りと温度で記憶しているので、これらの白は色彩感覚というよりは白色の表情として感じられる。そのせいか、私には「純白は美しい」という感覚があまりない気がする。たしかに白は「綺麗」な色だとは思うが、それが「美しい」というところまで感覚が育つ前に、さまざまな白色たちともさよならしてしまったようだ。

屋外の氷には、冷蔵庫の氷がもたない野性味がある。埃（ほこり）を被って少し手触りの悪いところが、またいい。道ばたの氷を踵（かかと）で踏んでしまい、ツルッと滑りながらも「あっ、氷に当たった」とまるでくじ引きにでも当たったかのように喜んだりもした。

そんな楽しい冬の遊びに目覚めはじめた小学校二年生くらいのころだったと思う。ある冬の日、学校から帰って近所の友だちと遊びに出ると、公園の水たまりが結氷していた。

「あれ、まだとけてないんだ」

「綺麗な氷。誰も触ってないみたい」

「よし、じゃあ」

「待って、割る前に触りたい」

私は慌てて次なる行動にストップをかけた。子供にとって、薄い氷とくれば、当然割って遊ぶものである。だから私が氷に触れられるころには、たいていほかの子に割られていて「綺麗な氷」にはなかなか触れなかった。

それが、この日の氷は「綺麗で誰も触っていない」というではないか。チャンスである。どうしても綺麗な氷に触らなければ。私の勢いに気圧（けお）されたのか、友だちは黙って手を止めた。

「しゃがんでごらん。もうちょっと前、あと二歩、あと一歩、はい、手を伸ばして、そこ！」

彼らの方向指示は実に的確だ。何かを落としても、彼らは安易に拾って渡して終わらせたりはしない。遊びの進行を考えたならさっさと拾ってしまうほうがよほど楽なのだが、彼らは私がちゃんと自分で拾えるように、辛抱強く方向を教えてくれる。それは意地悪などではなく、できることは自分でやらせてくれようとする、自然な友情であった。

土の地面が微妙に傾斜して水たまりが始まるところから、水面の代わりに繊細な氷の面が始まっていた。薄いのに、触っても体温でとけてはこない。さらに中央へと指を走らせると、氷が厚くなり、しっかりしているのが分かった。光沢があるような手触りで、上から板で均したかのように平らかである。それでいて、冷蔵庫でできる氷のようにツルツルしてはいない。落ち葉だの鳥の羽だのを閉じ込めた氷は、氷らしい艶と細やかな野性の凸凹の両方を併せ持っていた。

「ねえ、これ、冷たくないよ」

点字を読むように氷の細部を探っているのをじっと見つめる友だちの視線を感じて、私は感想を伝えた。

「氷なのに冷たくないの？」

「いや、そりゃ少しは冷たいけど、冷蔵庫の氷よりあったかいよ」

ほんと？　どれどれ？　とみんなが寄ってきた。いつもはワアワア走り回っている仲間が、慣れない手つきで氷を探る。みんなも私と同じに、点字を読むように人差し指で氷の表面を丁寧になでている。手探りに慣れていない仲間のぎこちない慎重さが伝わってきて、私も少し緊張してきた。

「ほんとだ。なんかあったかいね」

「うん、冷たいけどあったかい」

「よし、じゃあ、割るぞ！」

　ひとしきり触ったあと、我らが大将が立ち上がった。もちろん、今度は私も割るほうに参加した。みんながそこらに落ちている枝などを拾ってきて、私にも手渡してくれる。遊ぶときには白杖をもたず、道具もおもちゃもみんなと同じものを使っていた。

「じゃ、行くぞ。せえの、エイッ！」

　カッ　キシュッ　ピシャッ

　三回目で、朝からがんばっていた氷の芸術は、薄氷を浮かべた水の芸術へと姿を変えた。

「割れても、氷って綺麗だね」

　一つ年下の女の子が言った。

　そのとき、大将が誰かに声をかけた。

「あっ、おまえもいいよ。一人か？」

「うん」

　小さな声が返事をした。幼稚園くらいの男の子のようだ。私たちの遊びを見て、一緒にやりたくなったものらしい。我らが大将はもう一本枝を拾って、男の子に渡した。

「あと半分残ってるぞ。それっ、せえの」

みんなが水たまりの残り半分に枝を叩き付けた。

少し遅れて、ピシャッと力ない音がした。あの子が叩いたのだろう。

「よーし、やったあ。割れたあ」

私たちは声を揃えて勝利を宣言した。

「割れた、割れたー」

新入り君が合いの手を入れた。

「じゃあ、帰ろう」

「バイバーイ」

彼が大きな声でさよならを言った。

「おい、麻由、行くぞ」

いつものように手を引かれて、私も家路についた。

「あの子もちゃんと帰れたかなあ」

私がポツンと言うと、大将が「あーな」とボソボソ声で返事をして、黙って歩いた。

「やっぱり、氷って綺麗？」

また聞いてみると「まあな。白いよ」と、今度もボソボソ声が返ってきた。あの小さな子は、この日初めて氷割りをしたのかもしれない。どうして一人でやってきたのか分からなかったし、たった一度、一緒に氷を叩いただけだった。けれど今度はいつ出会っても、また楽しく遊べるくらい仲良しになれた気がした。遊びは一瞬で終わり、その後、彼に会うことはなかった。でも、あのときはみな、氷の割れる小気味よい音と、硬くて柔らかい不思議な手応えによって、一つに結ばれていたのだと今でも確信している。

子等遊びたるまま池の凍(い)ててをり　麻由子

冬の匂い　楽器の香り

楽器は植物と違って旬の時期がないように思えるかもしれないが、実はそうでもない気がする。芸術の秋と言われるように、日本では秋から冬にかけて、楽器はその力を存分に発揮するように思う。日本の春は埃が多いので楽器を護らなければならないし、梅雨から夏にかけては湿気が高くて楽器本来の音が出てこない。

ところが、秋が少し進み、金木犀の香りが街に溢れるころから、楽器がリラックスしてくる感じがするのである。たまには台風などもくるけれど、全体的には夏特有の湿気が完全に抜けて空気が本格的に乾き、楽器への負担がなくなるからではないかとも思う。

そんなわけで私は、毎年のピアノ調律をできるだけ秋にしてもらっている。音がくるわず、楽器がよい状態でいられる時間がより長くなるからだ。

秋になると、特に木や塗りのある楽器からは微妙な香りが漂ってくる。新しい楽器は塗料の匂いが強く、「楽器そのものの香り」である。初々しく、鋭く香ってくる。年季の入った楽器は、塗料の匂いの中に人の温もりが混じり、深みのある香りとなる。その匂い自体が空間全体の香りとして、場所に定着している。学校の音楽室とか、ピアノやチェンバロなど大きな楽器がおいてあるスタジオの匂いがそれである。

世の中の香りが少なくなり、空気が澄み、それぞれの空間の香りが引き立ってくると、楽器の香りはひときわ豊かに立ち上る。そんな季節に調律のためにピアノの蓋を全開し、一年の疲れと音のくるいを直してもらうと、ピアノは時間とともにみるみる輝く透明な音になっていく。調律した日の夜に弾くと、まだいじられたあとの衝撃でいまひとつ本調子ではなさそうなのだが、それでも「気持ちよかったあ」と歌いながら、まるで雨上がりの森で木々が生き生きと息吹を発射するように、馥郁と香りを放つ。翌日には音がだいぶ落ち着き、タッチも安定してくる。このときにはいつもの姿に戻っているので香りは薄れているが、次の一年の旋律を奏でるための準備が整った大きな楽器は、いつにも増して堂々とし、魔力を充実させている。

けれども、物心ついたころからずっとピアノと付き合ってきたのに、私は楽器の香りというものをほとんど意識していなかった。ピアノの部屋にはたしかに独特の香りがあったし、それがピアノの匂いであることも分かっていた。ピアノは友だちなので、幼いころから楽器の状態を感じ取ってもいた。でも、匂いには注意が向かなかった。おそらく、木の味わいというものがまだ分からなかったからだろう。

楽器の香りを意識するようになったのは、大学時代、リコーダーに親しく触れたころからだと思う。そのせいか、いまも楽器の香りを嗅ぐと、あのころの思い出が過(よぎ)るのである。

私が属していたのは、ヨーロッパの中世・ルネサンス期の音楽を演奏する「古楽器アンサンブル」というサークルだった。リコーダーやチェンバロ、曲によっては中世の打楽器やルネサンス期の弦楽器も使う。一年生のころは、同人誌やフランス語演劇などいくつかのサークルに籍をおき、少しずつ活動に参加していたのだが、いつの間にか、前から好きだった古楽にどんどんのめり込んでいき、気がついたら課外活動は古楽一色になっていた。

私の担当は、リコーダーとチェンバロ。チェンバロの演奏は鍵盤楽器奏者としてもちろん興味深い経験だったが、楽器の香りを教えてくれたリコーダーは、アンサンブルを通して実に多くのことを学ばせてくれた。

私は手が小さくてテナーやバスの笛は難しかったことと、主旋律なら暗譜がより簡単なことから、担当するパートはたいてい、ソプラノかソプラニーノ（ソプラノよりさらに高音）だった。たまに主旋律のすぐ下の和音を受け持つアルトもやったが、演奏のときには指揮が見えない私の動作に合わせてみんながスタートしてくれていたこともあり、主旋律のほうが多かった。

部室には、代々受け継がれている楽器がいくつかあった。テナーやバスやソプラニーノのリコーダー、中世ヨーロッパの舞踊に使う小太鼓、タンバリンや鈴などの打楽器、古代ギリシア音楽で使われたラッパのクルムホルンなどである。講堂の地下、部室群の一角にある我らの部室で、作曲者未詳の古楽のテープをかけて音楽談義に花を咲かせながら受け継がれた楽器の棚を開けると、大学の地下の匂いとともに、ワセリンを塗った木の香や太鼓の革の香が飛び出してきた。普段の練習はもちろん、夏休みの合宿にもこれらの楽器が持ち出され、学園祭や定期演奏会が近づくと、担当の人は家に持ちかえって練習するのだった。

学園祭は十一月初め、定期演奏会は十二月の終わりにあった。夏休みの合宿では、この二つのイベントに向けて集中練習が行われたり、定期演奏会での曲が話し合われたりした。夏合宿お決まりの「完徹」や「怪談」も完璧にこなしながら、私たちは一日に八時間近くも練習した。ある旅館では、練習室として用意してもらった部屋になぜか筵が敷いてあり、みんなで慌てたりもした。

「準備しに行ったらいきなり筵が敷いてあってさあ。どうする？」

「練習って言ったから、体育会系と間違ってるんじゃない？」

こんなことを言い合いながら、旅館の人に筵を仕舞ってもらい、みんなで椅子を並べた思い出もある。

合宿のときには部室の楽器も総出で出動し、五日間、朝から晩まで吹かれっぱなしになった。全体合奏では、リュート、ギター、ビオラダガンバといった弦楽器が入ったり、フラウトトラベルソーというフルートの走りの楽器が入ったりして、基礎練習から始まる半日区切りの練習が一回終わるたびに、曲はどんどんまとまっていった。

こうして、合宿を終えて秋になるころには、それぞれに技術も上達していて、一年生の吹く楽器の音も変わってきていた。ソロは表情豊かになり、合奏はパズルのピースが一つずつ嵌まるように細々した呼吸が合っていく。そして、どの曲も一つの方向へと流れる「力」をもってくる。こうして私たちは、定期演奏会へとまっしぐらに進みはじめるのだった。

十二月に入ると、練習は佳境に入る。毎日講義が終わると、私たちは学食で夕飯を食べたり、ときには部室に何やら持ち込んで、プログラム作りや楽器の手入れをしながら軽食をとった。それから、いつもの教室に練習に行った。まず各自が「音出し」をして演奏の準備をする。調弦する人、チューニングする人、指練習をする人。私は手が温かいので、笛を温める係とチューニング係になっていた。木の笛は、マウスピースを温めないと音が出てこないのだ。また、温めると音が少し上がるので、チューニングの前に温めなければいけない。そこで私は、みんなが教室の椅子や机を並べている間、片隅に座って何本も笛を預かって両手で握り締めていた。親鳥が卵を温めるときはこんな心境なのかといつも思ったものだ。一所懸命温めすぎて「麻由、これ熱いよ」と笑われたりもして。そんなわけで、みんなは私を「湯たんぽ」または「歩くチューナー」と呼んでいた。私のパートを吹いてテープに録音してくれたり、楽器を運ぶのが大変だろうと部室からもってきてくれる仲間や先輩は、私のチューニングで喜んでくれた。

楽器が整い、音出しのために笛を口に当てると、独特の香りがした。歴代の先輩の息の香りともいえたし、たくさんの曲を吸い込んだ笛の木と塗料の香りともいえた。

あるいはまた、手入れのときに使うワセリンを含んだ楽器の年輪の香りともいえただろう。最初は少し抵抗があったが、そんな伝統ある笛のなかに音楽を吹き込みはじめると、その独特な香りはむしろ笛が私に語りかけてくるメッセージに思えてきた。

「そこは、もっと息を細かく。ここは大きな呼吸で長く吹いてごらん。スタッカートでも、息をちゃんと吹き込まないと楽器が鳴らないんだよ」

先輩の指導を頭のなかで復唱しながら吹いていると、笛は同じことを言葉以外のシグナルで伝えてきた。それが読み取れると、正確に理解できたと確信できないときでも音楽が変わっていった。そしてその対話ができたときには、合わせの練習でもみんなとの呼吸がさっと合っていくのだった。

楽器と対話する経験は、ピアノでもよくある。ピアノは、タッチへの返事という方法でメッセージを送ってくる。私はそれを耳と手で解読し、奏法を試みていく。演奏会の会場で初めて出会うピアノとも、リハーサルを通して同じように対話する。それによって、個々の楽器の得意な音を見つけてそれに合った弾き方をする。

新しいピアノを買うときも、対話の方法は同じである。激しい曲、静かな曲と、さまざまな奏法で一台ずつじっくり弾きながら、ピアノからのメッセージを待つ。いまのピアノを選んだときもそうだった。ピアノ屋さんを何軒も訪ねて何台も弾いたけれど、終始「あなたは私を買うことに決まっているんですよ」と言いつづけたピアノがあった。それが愛器となった。彼（？）は、私がいろいろと音探しの旅をして戻ってきたとき「お待ちしてましたよ。もう観念して私をお選びなさい」と言って微笑んだ。それで、観念したわけである。

そうやってピアノと「勝負」しているときも、私の頭の奥には、古楽器アンサンブルでおぼえた「楽器の香り」が、笛の香りそのままに思い出されていた。みんなもきっと、あの独特の笛の香りを嗅ぎながら一人練習を重ね、あの香りとともに合わせ練習に臨み、あの香りを放ちながら音を出していたのだろう。練習の場には、みんなが持ち寄った笛の香りがそこはかとなく漂っていた。

大学三年のときの定期演奏会は、忘れられない。この年私は、ソナタ・ダ・カメラという五楽章の大曲で主旋律を任された。元々主旋律担当だったのでそれまでにも本番で何曲か主旋律を受け持ったことはあった。だが、こんな大曲で、しかも憧れのソプラニーノで、ついに主旋律を任せてもらえたのだ。いままでの練習を、やっと認めてもらえたという喜びでいっぱいだった。

割り振られたのはローズウッドという木でできたリコーダーで、しっかりと芯のある音が遠くまで響いた。夜に自宅で練習するときは、雨戸を閉めきって布団を敷き、なるべく外に音が洩れないように気遣ったものである。田園地帯から通ってきていた同級生は、気遣いどころか、風呂場で湯船の縁に座って笛を吹くとエコーがかかって「超気持ちいい」などと話していて、羨ましいねと皆で大笑いしたりもした。ソプラニーノは小さな楽器なので楽に吹けそうに思うが、安定した呼吸で吹くには慎重に息を制御しなければならず、実は大変苦しい。だがその苦しさから出る響きは、まさしく風呂場で、いや、大ホールのステージででも吹きたくなるような、透明で明るい響きだ。細い管のなかにまっすぐ息が入り、自分の温かい息が穴を押さえている指の指紋のあたりをくすぐるのを感じながら思い通りの清明な音を作れたときには、まるで神の国とのパイプがつながったかのような気さえする。そのソプラニーノを、定期演奏会の本番で吹けるのだ。それは、私の現役卒業プレゼントのように思えた。

リハーサルが終わり、楽屋に一瞬の休息の時が流れてから、観客のざわめきが聞こえはじめた。楽屋には緊張と、これから力を合わせて何かをやるのだという充実した活気が満ちてきた。もうホールの様子は分かっている。だが本番の日には、会場はリハーサルのときとはまったく違う顔になる。さらに、観客が入るとまた別の様相を呈する。だから本番には魔物が棲むとよく言われるのだ。リハーサルのときにはけっして姿を見せず、ときには天使の姿で私たちを祝福しておきながら、本番ではとんでもない悪戯をする魔物が。折しも私たちは、その魔物に向かうところなのである。

「けっこうきてくれてるよ」

「あんまりくると緊張しちゃうなあ」

「私、お母さんがきているからすっごく恥ずかしい」

そんな会話を聞きながら、私はソプラニーノの細いマウスピースを温めていた。もう充分過ぎるくらい温まっているのに、温めても温めても足りないような気がした。口に当て、音を出さずに指遣いをさらってみる。力を入れすぎると指が動かないのはピアノと同じだ。私は指先をリラックスさせるよう手首を振ってみた。

アンサンブルの舞台には、ソロにはない心理がある。責任感に近いかもしれない。私が失敗すると、みんなの音楽を台無しにしてしまう。しかも私は、主旋律なのだ。みんなについていきながら、みんなをリードしなければならない。走っても駄目だし、間延びしてもいけない。最後まで持ちこたえられるだろうか。口に当てた笛は、音こそ出さないが、あの香りを放っている。こんなとき、楽器は意地悪なくらい沈黙してしまう。この日の香りのなかには何のメッセージも込められていなかった。笛も緊張していたのかもしれない。

本番が始まった。舞台に立つと、床の木の香りが私たちを包んだ。同級生に手を引かれてお辞儀をし、全員で椅子につく。舞台が静かになった頃合を見計らい、私は笛を構えた。みんなも構えた気配を確認してから、私はできるだけはっきりと笛を持ち上げておろす動作をした。これが、スタートの合図である。

吹きはじめると、全員の呼吸がすぐにピタリと合った。五人の吹く笛の和音が一つの音球となってホールの隅々まで届いていくのが分かった。息は安定している。私は少しずつ平常心に戻っていった。吹き終えるまでの記憶はほとんどない。終了の礼をして楽屋に戻ると、部員たちが駆け寄ってきて私たちの肩を叩き「よかったよ」「綺麗だったよ」とほめてくれた。

全体合奏の前の曲は、合宿以来ずっとクリアできない難所を抱えるリコーダー四重奏だった。ある箇所で必ず誰かが落ちるというジンクスがあったのだ。私はそれを楽屋で聴いていた。演奏者と同じ緊張が楽屋に満ち、私たちは拳を握り締めてモニターのスピーカーに聴き入っていた。問題の箇所が近づいてくる。「ああ……」「んーーー……」言葉にならない言葉が洩れる。来た!……落ちない。誰も落ちなかった。

「やったあ」

みんなで声を潜めて歓声をあげ、音を立てずにスタンディングオベーションをした。

このとき、ステージと楽屋という空間がつながり、演奏者と私たちが一つになった。演奏者たちはあるいは気づかなかったかもしれないが、私たちの気持ちがその音楽に込められたことは間違いないと思う。音楽が成功するときはこうして、聴く人の気持ちが音楽に入り込んでいるのかもしれない。演奏者は、その気持ちをもらえたときに力を発揮できるのだろう。演奏会の最後、ともに難所を乗り切った部員たちの気持ちは一つの完全な球体となっていた。そんななかでの全体合奏がどんなに楽しかったか、それはもう、語るまでもあるまい。

寒気が大地を覆う季節、人の心は近づき合えるのかもしれない。そして、人の温もりを込めた楽器の香りを吸い込んで音楽という心の言葉を奏でれば、人の気持ちはなお豊かになるのだろう。

苦難に遭って心が冬に入ったときも、私はあの笛の香りを思い出しながらピアノに向かう。奥深い楽器の香りに包まれて音楽のなかに飛び込んでいくと、つらく悲しい最中にあっても、冬の向こうにある次の季節への希望を持ちつづけることができるのである。

あとがき

私の毎日は、感覚付きのラジオドラマのようなものだ。音という広範囲な景色のなかに自分が置かれていて、何か行動するとそれが手触りや味覚、嗅覚といった直接の感覚となって返ってくる。人との対話も、誰か（あるいは何か）が居るという気配も、みなそんな感覚で伝わってくる。私はそれらの情報を組みたてたり、直感的に状況を感じ取ろうとすることで、自分や相手がいまここに居るということを信じるのである。その訓練が応用され、必要な情報を得る「作業」が、季節を味わう「楽しみ」に発展したのだ。この「楽しみ」は、障害を補うという機能を果たすだけでなく、五感が揃った人にとっても同じように「楽しみ」になることを、私は自然観察の仲間たちと過ごすなかで確信した。

感じること、味わうことの楽しみを分かち合いたくて、この本では、四季を味覚、嗅覚、聴覚、触覚の四感で受け取るというコンセプトのもと、四×四で十六のエッセイをまとめた。

季節は一定の時間の経過であり、それを楽しむには私たちも時間をかけなければならない。心も体も季節という時間に委ね、季節にいざなわれるままに感覚を開くのである。そのプロセスは、一瞥すれば即座に答えが出る視覚を使った観察とは違う。音、匂い、手触りといった体に直接入ってくる感覚を自分のものとして消化するには、目で見て一瞬のうちに答えを得るよりもはるかに多くの時間を要する。しかし、そのためにかけた時間と費やした心は、視覚とは違った「時の味わい」をもたらしてくれる。とかく「答えを出す」ことが目標になりがちな現代だが、あえてそうではなく「答えに向かって歩む」ことを目標にする。これが、時間をかけて季節を味わうためのこつではないだろうか。

たとえば、冬の静寂に耳を傾けることは、感覚解放のスタートとしては素晴らしいきっかけだと思う。もちろん、それぞれの好みや経験に合わせて、どの季節できっかけを見つけても良いわけだが、冬は情報量が少なくなるので、よりきっかけに出会いやすい気がする。

音で考えても、春には鳥の囀りや街の音が活発になるし、夏にはセミの声、秋には虫の音といった持続音が大きくなって特定の音に注意が向きにくくなる。これに対して、冬は世の中の音が少なくなるので特定の音に着目しやすくなる。鳥は囀りではなく地鳴きで静かに会話し、人々は寒いので野外では効率的に行動する。そのため雑音が少なくなる。そこに、焼芋屋さんやチャルメラの音が響いたり、寒柝が闇を貫いて聞こえてきたりする。こうして、特殊な音や自分の琴線に触れる音を見つける機会ができるのである。そうした音に耳をそばだて、心を集中させていくと、いつのまにか気持ちが沈静し、思いもかけない思考や発見が訪れたりする。

視界に入っていない音がしたときは特に、私はそれを基点に周囲の景色を想像し、空の色を推測し、心に描かれる情景を組み合わせて音から地図や風景画を作り上げていく。その情景はある段階で、色や輪郭といった形とは違った、ある種のイメージのような景となって脳裏に像を結ぶ。ここで私は、季節を一つの感覚の集大成としてとらえ、味わうことができるのである。

この本を通じて、読者のみなさんが私とこの豊かな感覚を共有し、さらなる楽しみを開拓していただければ嬉しい。それはとりもなおさず、私たちが「いまここに生かされている」ということを全身で感じる方法でもあるのだから。すべての関係者の方々と本書を手に取ってくださった読者のみなさんに、心より感謝申し上げる。

二〇〇九年十二月　冬麗の日に

文庫版あとがき

　本書を書き終えたころ、私は親元を離れてマンションの高層階に引っ越した。駅前なので小鳥はいないだろう。防音強化ガラスの窓からは、この本に出てくるような自然の音は聞こえないだろう。

ところが違った。駅から続くデッキの街路樹には季節毎に雀やムクドリが賑やかな塒を造り、桜並木ではメジロやセキレイたちがおしゃべりしている。地上五十六メートルの窓にも鳥たちの声が届くし、この高いベランダでミンミンゼミが派手に鳴いていたりもする。夕立のときにはリビングルームの二面の窓いっぱいに雨が当たり、自然が拍手の音で私を包んでくれるかのようだ。ベランダのサッシを開けると、空中からサアーッとかすかな音で下方に落ちていく雨の音の澪（みお）を「聞き下ろす」ことができる。そう、聞き下ろせるのは滝の音だけではなかったのだ。

　さすがに夜回りの拍子木はもう聞けないけれど、代わりに天空をまっすぐ流れる気流と地上を吹き渡る強風の両方を聞く楽しみが増えた。私の住む階はちょうどこの二つの異なった風の境目らしく、空の機嫌と風の呼吸によってさまざまな天空の息遣いを聞けるのだ。

本書を校正しながら懐かしい思い出に浸りもしたが、一番の発見は、これは「古い話」ではないということだった。観察する自然やその様相が時代とともに変わっても、書き綴った観察法も、自然のシグナルを受け止める私のアンテナの角度も変わっていなかったのだ。

私は〝sceneless〟だけれど、心は風景でいっぱいの〝sceneful〟だ。そして私が見つけるシーンがますますフルになるのを、日々楽しみにしているのである。

二〇一九年十一月　秋麗の日に

三宮麻由子

解　説

ドリアン助川

なんと幸せな読書の時間だったのだろう。三宮麻由子さんからあふれ出る四季折々の透明な表現にひたり、読者として共有できたその感覚のなかで手足を伸ばそうとしたとき、ボクははっきりと幸せだった。

初読の際はもちろん、二度読んでも三度読んでも、いただいた幸せは彩りを変えつつ胸のなかに宿り続けた。そして肌の内側を煌めきすらも伝い、三宮さんと逢えた奇跡を他者にも知らせよと囁きかけた。

つまりボクは星のかけらのようにひとつの光点となり、薄暗い闇のなかで夜明けを待つこれまた多くのかけらたちに対してシグナルを送ろうとしている。だれでもない、三宮麻由子さんご自身が夜の雲をも柔らかに照らす一等の星だからこそ、書き手と読み手の間にこの普遍的な伝播の力が生まれたのだ。

ただ、幸せとは言ってもいろいろある。三宮さんにいただいた幸せは、他との比較によって生じるような、我欲に根ざした性格のものではない。

ボクら人類には軽率なところがあり、隣の家より窓が大きい、友人のだれより給料が良い、電車の座席で向かい合った人が自分よりも豊かな毛髪であるといったことで、ちょっとした幸不幸を感じるきらいがある。

いや、ひょっとするとほぼすべての幸不幸は、他者やかつての自分、あるいは想像上の何かとの比較から始まっているのかもしれない。本来、自身で創造していくべき人生の価値感ですら、比較をメジャー代わりに持ち出そうとする人はいる。

だが、三宮さんの感性と触れ合ったことから生じる幸せは、そうした移ろいやすい幸不幸とはまったく別種のものだ。ほんとうのこと。この世のさまざまな現象の向こう側。どれだけ環境が変わろうと、どんな運命に翻弄されようと、そこに恒久に在り続けるもの。核心であり、普遍であり、そして広大なものとの交わりから生まれる「味わい」の醍醐味(だいごみ)こそがその幸せの正体なのだ。

だから、これはたいへん妙な言い方になるのだが、世間一般には幸せとは思えない事態に出くわしたとしても、それを徹底的に味わうことで、幸せを越えた幸せに辿(たど)り着く可能性がボクたちにはある。三宮さんがあとがきのなかで表現された「時の味わい」とはおそらくそのような意味も含むのではないか。

それにしても、季節の事象の変化、旬のみずみずしさを、ここまで鋭く的確に、そして創造的に捉えた三宮さんの感受性と表現力はどうだろう。「まいりました、やられました、ほれぼれしました」という意味で、読書中ずっと微笑が止まらなかった。余韻も素晴らしく、読後のビールもたいへんおいしかった。各章それぞれに圧倒的な共感があり、それでいてこれまで未踏だった鮮やかな大地を、三宮さんがこれでもかとばかり案内して下さっているからだ。

共感と、未知への誘い。すなわち、これが詩なのだと思う。詩にはいろいろと定義があろうけれど、ボク自身はそう捉えている。思わずひざを打つような共感を通奏低音としながらも、目を見張るだけの新しい地平がそこに広がっている。それこそまさに詩の命だ。

俳句という、世界でもっともシンプルな詩の形式のなかで三宮さんが呼吸されていること。それは三宮さんが感受と表現の作法を通じて世界を発見し、ほぼ同時に世界を再構築していくという行為だ。それはやはり、共感を土台としながらも、いつ観(み)ても新しい桜の開花のような、この世の不可思議さや未知を提示するということなのだ。

たとえば三宮さんは「冬の冷気は遠くの音をよく伝え、近くの音をくっきりと浮き立たせるような気がする」と述べている。これはボクにも経験がある。冬の空気を伝わる音はすでに何かを耐え、余分なものを削いでいるのではないだろうか。枯れた森の奥で一羽啼くカラスの声はより孤独に聞こえる。寒くて手を擦りながら耳にする汽笛の音は寂寞のリレーのようだ。雪のなかを一歩ずつ進む屋台のおじさんのミシミシという足音。その近距離の淋しさ。

だがひっそりとした冬の空気のなかに三宮さんはまだ観ぬ地平があることを教えてくれる。拍子木を打ちながらの子供たちの言葉遊びのくだりはとても愉快だったが、そのとき少女だった三宮さんが感じ取ったことにボクはぐっと摑まれるのだ。

「拍子木が鳴るたびに、町内に奇妙な何かが満ちていくような感覚を覚えたのである」とそれは始まり、三宮さんはその何かを「安全ベール」と命名する。そしてそれを張り巡らせていくことでこの地はもう大丈夫だという安心を得る。「世界と自分をつないでくれる『安堵の音』を聞き分けることができれば」、冬の孤独も薄らぐのではないかと問いかけるのだ。

まるで三宮さんの横で自分も拍子木を叩いていたような共感を得るとともに、そのような感じ方があったのかと、世界が一新されたような気分になる。

そうした心からの感動を覚える箇所が、どの章にも、いや、どの頁にもある。

三宮さんは紅梅と白梅の香りを嗅ぎ分ける。

「紅梅は蠟梅に近い甘さをたっぷり含んでいて、吸い込むと鼻腔と喉で梅のキャンディーを楽しむかのような美味しい匂いである。一方白梅の香りには、やや粉っぽさがあり、紅梅のような甘さは感じられない。だがとても花らしい高貴な香りで、淡さ故の気品があるのだ」

わかるなあ。すごく共感するなあ。でも、この香りの違いをここまで描き得た人はかつていただろうか。そんなふうに思ってしまうのだ。春が春であることを喜んでいるその季節に、「風には早くも新緑の一端を思わせる青い香りが含まれはじめている」と綴るこの感覚。あるいはまた、上げ潮と引き潮の狭間で海の香りが変わっていくこと。そこに佇み与謝蕪村の哀しみの日々を思うその感覚だ。

新しい音の地平という意味では、滝の音についての、まさに瀑布のごとく繰り出される表現にも唖然となった。三宮さんは、滝は下から「聞き上げる」よりも、落ち口に近いところから「聞き下ろす」のがよいと記している。そういうものだろうかと思いつつ、しかし、滝を前にしたときの「空心感覚」や独特の霧を帯びた「無風の風」「滝のオーラ」といった創造表現に触れるたびに、大いなる共感や驚きとともに、絶対的な感受の力を持つ三宮さんへの畏敬の念があふれ、これはやはりほんとうのことなのだ、自分も次に滝に出会ったときは上まで登っていって聞き下ろしてみようと思うに至った。

一方で、共感を覚えつつも、同じ体験から導かれた反応がまったく逆の結果になっていたくだりもあった。幼かった三宮さんが波打ち際に素足で立つシーンだ。

「そうやって来た波がサササーッと砂とのシンフォニーを奏でながら引きはじめる瞬間、足裏の下の砂がどんどん去っていく。そしてなぜか、最後にかならず、土踏まずのやや外側の一点だけが残る。その一点の砂が健気に私の全体重を支えている。一点がピンポイントでくすぐったい。最後までがんばってくれている砂にエールを送りたくなる。だがその瞬間、我が最後の一点はスッとどこかへ行ってしまう。潰れるのではない。消えてしまうのである」

あまりの表現力にうっとりしてしまう。幼い三宮さんは波と砂との出会いに感じ入り、感触としても鮮やかなこの世界を全身で受け止めようとしている。おそらくこのときの三宮さんは笑顔だったはずだ。

だが、ボクの場合は違った。まだ三、四歳だったと思うが、波が足元から砂を奪っていくことを素足で感じたボクは、あまりの恐ろしさに泣き出していた。波はきっと砂だけではなく、いつか自分を奪う。そんな予感がしたからだ。波のリズムが自分の命を消しにかかる瞬間がある。ほんとうにそう感じたのだ。

とはいえ、これも共感だ。三宮さんもボクも、足裏の砂の動きを生涯忘れないほど強烈に記憶している。そこにあるものが生の歓びなのか滅びの恐怖なのかは別にして、それだけ体の芯まで感じ入り、幼き心でこの世を意識したということなのだ。

意識。これは大事な言葉だ。

ボクらという存在は、単に肉体的にここに存るのではない。ピアニストの存在がその音の響きのなかにあるように、ものごとを感じ、考え、味わう「人間」という生き物は、意識そのものが存在となる。月を観てその輝きをくっきりと意識できるとき、その人の存在は月までの距離に等しい。そうしてその人はそこに在るし、月もまた観る側の意識を通じて存在できるのである。

そのような意味では、あらゆるものが関係し合っている。単独で存在できるものなどどこにもなく、すべては関係性のなかで呼吸し、花開き、結実し、やがて落ちていく。だからこそ、相手が無機物であったとしても会話が大切になる。関係を愛でる態度だ。

三宮さんは香りと音を季節によって変える楽器と言葉のやり取りをする。雨の匂いを敏感に感じ取り、通り雨のダイナミズムのなかで、自身びしょびしょに濡れながら天と話をする。春、芽吹いたばかりの草に触れ、そこから植物の心を読み取ろうとする。この姿勢こそが、三宮さんと関係し、三宮さんを存在させ得る森羅万象への愛であり、存在を巡る新しい哲学者の在り方なのだ。

意識が人の存在になるなら、遠いアメリカで雪の無音を聞こうとする三宮さんはすでにこの星の大きさに達している。ボクが三宮さんのことを「一等の星」と書いたのは、実はそういう意味だったのだ。そして三宮さんに気付かされることで、ボクら自身も、星のかけらから、「六等の星」くらいにはなろうとしている。

なんと素晴らしい表現者に出会えたのだろう。この幸せはまだずっと続きそうだ。

（どりあん・すけがわ　作家／詩人／歌手／明治学院大学国際学部教授）